Gustave Flaubert

November

„Das mitreißend geschriebene Jugendwerk des einundzwanzigjährigen Flaubert handelt vom sexuellen Erwachen eines jungen Mannes. Der Held schwärmt für die erwachsene Frau, die ihm unwissentlich die Sinne raubt und doch vorläufig unerreichbar ist..." *Redaktion Gröls-Verlag* (Edition I Werke der Weltliteratur)

Redaktionelle Hinweise und Impressum

Das vorliegende Werk wurde zugunsten der Authentizität sehr zurückhaltend bearbeitet. So wurden etwa ursprüngliche Rechtschreibfehler regelmäßig *nicht* behoben, denn kleine Unvollkommenheiten machen das Buch – wie im Übrigen den Menschen – erst authentisch. Mitunter wurden jedoch zum Beispiel Absätze behutsam neu getrennt, um den Lesefluss zu erleichtern.

Wir sind bemüht, ein ansprechendes Produkt zu gestalten, welches angemessenen Ansprüchen an das Preis/Leistungsverhältnis und vernünftigen Qualitätserwartungen gerecht wird. Um die Texte zu rekonstruieren, werden antiquarische Bücher von leistungsfähigen Lesegeräten gescannt und dann durch eine Software lesbar gemacht. Der so entstandene Text wird von Menschen gegen eine Aufwandsentschädigung gegengelesen und korrigiert – Hierbei können gelegentlich Fehler auftreten. Wenn Sie ebenfalls antiquarische Texte einreichen möchten, wenden Sie sich für weitere Informationen gerne an

www.groels.de

Informieren Sie sich dort auch gerne über die anderen Werke aus unserer

Edition | Bedeutende Werke der Weltliteratur

Sie werden es mit 95,055 %iger Wahrscheinlichkeit nicht bereuen.

Die Deutsche Nationalbibliothek verzeichnet dieses Werk in der Deutschen Nationalbibliografie.

Verleger: Marcel Hermann-Josef Gröls, Poelchaukamp 20, 22301 Hamburg.
Externer Dienstleister für Distribution und Herstellung: BoD, In de Tarpen 42, 22848 Norderstedt

Pour niaiser et fantastique.
Montaigne

Ich liebe den Herbst; seine Traurigkeit stimmt gut zu Erinnerungen. Wenn die Bäume entlaubt sind, wenn der Abendhimmel noch in den tiefroten Farben glüht, die einen goldigen Schein über das Heu werfen, dann sieht man mit Entzücken alles verlöschen, was jüngst noch im Herzen brannte.

Eben komme ich von meinem Spaziergang über öde Wiesen zurück, an kalten Gräben vorbei, in denen die Weiden sich spiegeln. Ihre kahlen Zweige pfiffen im Winde; zuzeiten schwieg er: dann setzte er plötzlich wieder ein; und nun erschauerten die kleinen Blätter, die noch am Gesträuch hängen, das Gras neigte sich zitternd zur Erde, alles bekam ein bleicheres und kälteres Aussehen; am Horizont verlor sich die Sonnenscheibe im weißen Himmel und erfüllte ihn ringsumher mit einem Rest erlöschenden Lebens. Mich fror, und fast hatte ich Furcht.

Ich setzte mich in den Schutz eines kleinen Grashügels; der Wind hatte sich gelegt; als ich so auf der Erde saß, nichts dachte und in der Ferne den Rauch von Hütten aufsteigen sah, da stand – ich weiß nicht warum – mein ganzes Leben wie ein Phantom vor mir, und mit dem Duft des trockenen Heues, dem Geruch der toten Wälder kam mir der bittere Geschmack längst vergangener Tage zurück. Meine traurigen Jahre zogen an mir vorüber, als fegte sie der Winter in gräßlichem Sturme dahin. Irgendeine schreckliche Macht jagte sie durch meine Erinnerung, wütender als der Wind, der die Blätter über die stillen Pfade tanzen ließ. Eine sonderbare Ironie schien sie zu streifen und für mein Auge umzuwenden, dann flogen alle zugleich davon und verschwanden an einem düsteren Himmel.

Sie ist traurig, die Jahreszeit, in der wir stehen: man glaubt, das Leben will mit der Sonne verscheiden. Ein Frösteln zieht ins Herz, wie über den Leib. Alle Laute ersterben. Der Horizont wird blaß; alles will schlafen, vergehen ... Eben sah ich die Kühe heimkehren, sie brüllten der untergehenden Sonne nach. Der kleine Junge, der sie mit einer Brombeerranke vor sich hertrieb, zitterte vor Kälte in seinem Drillich-Anzuge. Beim Abstieg vom Hügel glitten sie im Schmutz aus und zertraten ein paar Kartoffeln, die zwischen Unkraut stecken geblieben waren. Hinter den verschwimmenden Hügeln hervor sandte die Sonne letzten Abschied. Im Tal glühten die Lichter der Häuser auf, und der Mond, das Gestirn des Taues, das Gestirn der Tränen, entschleierte langsam zwischen Wolken sein bleiches Gesicht.

Lange habe ich mich lustvoll in mein vergangenes Leben versenkt. Mit Wonne habe ich mir gesagt, daß meine Jugend vorüber sei; denn es ist Wonne, zu fühlen, wie die Kälte ins Herz kriecht, und sagen zu können, während man es mit der Hand anfühlt wie einen noch rauchenden Herd: es brennt nicht mehr! Langsam habe ich mein ganzes Leben an mir vorüberziehen lassen: seine Gedanken und Leidenschaften, seine Tage stürmischer Wallungen und seine Tage der Trauer, sein hoffnungsvolles Frohlocken und seine qualvollen Schmerzen. Ich sah alles wieder, wie jemand, der die Katakomben besucht und langsam auf beiden Seiten immer neue Reihen von Toten erblickt. Wenn ich die Jahre zähle, so sehe ich wohl, daß ich noch nicht alt bin; aber ich habe zahllose Erinnerungen, deren Gewicht ich auf mir fühle, wie die Greise die Last all der Tage fühlen, die sie gelebt haben. Zuweilen scheint es mir, als sei ich seit Jahrhunderten da, und als schlösse mein Wesen die Überreste von Tausenden vergangener Existenzen ein. Woher kommt das? Habe ich geliebt? Habe ich gehaßt? Habe ich etwas erstrebt? Ich zweifle daran. Ich lebte abseits von allem regen und tätigen Leben, still für mich, ohne Sinn für Ruhm, Vergnügen, Wissen und Geld.

Von allem, was ich hier erzählen werde, hat niemand etwas gewußt; diejenigen, die mich alle Tage sahen, ebensowenig wie andere. Sie waren für mich wie das Kissen, auf dem ich ruhe, und das nichts von meinen Träumen weiß. Und ist das Herz des Menschen nicht eine ungeheure Einsamkeit, in die niemand einzudringen vermag? Die Leidenschaften, die hindurchziehen, sind wie die Reisenden der Wüste Sahara; sie ersticken darin, und ihr Schrei dringt nicht darüber hinaus.

Schon in der Schule war ich traurig. Ich langweilte mich da; ich kochte vor Verlangen, hatte ein heißes Sehnen nach einem tollen, wildbewegten

Dasein, ich genoß die Leidenschaften im Traum und hätte sie alle durchkosten mögen. Jenseits des zwanzigsten Jahres lag für mich eine ganze Welt von Licht und Duft. In der Ferne erschien mir das Leben in sieghaftem Glanz und Klingen. Wie im Märchen tat sich ein weiter Saal nach dem andern auf. Diamanten funkelten im Licht goldener Kronleuchter. Unter einem Zauberwort drehten sich die verwunschenen Türen in ihren Angeln, und wenn man weiterging, tauchte der Blick in prachtvolle Fernen, vor deren blendendem Glänze sich die Augen lächelnd schließen.

Ich hatte ein unbestimmtes Verlangen nach etwas Strahlendem, das ich weder in Worten noch in Gedanken deutlich zu fassen vermochte, und doch fühlte ich ein starkes, unablässiges Sehnen danach. Ich habe immer das Glänzende geliebt. Als Knabe drängte ich mich unter die Menge an der Tür der Scharlatane, um die roten Tressen ihrer Diener und die Halfter ihrer Pferde zu sehen. Lange stand ich vor dem Zelt der Gaukler, um ihre Pumphosen und gestickten Kragen zu betrachten. Ach, und wie habe ich die Seiltänzerin geliebt, mit ihren langen Ohrgehängen, die um ihren Kopf baumelten, mit ihrer Kette aus dicken Steinen, die auf ihre Brust schlug. Mit welch unruhiger Gier schaute ich sie an, wenn sie bis an die zwischen Bäumen hängenden Laternen sprang, wenn ihr mit Goldflittern besetztes Kleid beim Sprunge klatschte und sich in der Luft bauschte. Das waren die ersten Frauen, die ich geliebt habe. Mein Sinn quälte sich mit dem Gedanken an diese merkwürdig geformten Schenkel, die so prall in ihren rosafarbenen Trikots saßen, an diese geschmeidigen Arme, von Spangen umschlossen, die beim Rückwärtsbeugen auf dem Rücken klingelten, wenn sie mit den Federn ihres Kopfputzes den Boden berührte. Das Weib, das ich mir schon vorzustellen suchte – (denn es gibt kein Lebensalter, wo man nicht daran denkt: als Kind betasten wir mit naiver Sinnlichkeit den Busen der großen Mägde, die uns küssen und die uns auf ihrem Arme halten; mit zehn Jahren träumt man von Liebe; mit fünfzehn kommt sie zu uns; mit sechzig ist sie noch nicht erloschen, und wenn die Toten unter der Erde etwas denken, so ist es: wie sie in der Tiefe das nächste Grab erreichen können, um das Leichentuch der Abgeschiedenen fortzuziehen und sich ihrem Schlummer zu gatten) – das Weib war also für mich ein lockendes

Geheimnis, das mein armes Kinderhirn verwirrte. An dem, was ich empfand, wenn eine von ihnen mich anschaute, fühlte ich schon, etwas Verhängnisvolles in diesem erregenden Blick lag, der den menschlichen Willen schmelzen läßt, und ich war zugleich entzückt und erschrocken.

Wovon träumte ich während der langen Arbeitsstunden, wenn ich, den Arm auf mein Pult gestützt, den Docht der Lampe in der Flamme länger werden und jeden Tropfen Öl in das Näpfchen fallen sah, während die Federn meiner Nachbarn auf dem Papier knirschten, und man von Zeit zu Zeit hörte, wie ein Buch umgeblättert oder zugeklappt wurde? Ich beendigte hastig meine Aufgaben, um mich ungehindert diesen süßen Gedanken hingeben zu können. Ich freute mich darauf, wie auf etwas, das den Reiz eines wirklichen Vergnügens für mich hatte; ich richtete meine Gedanken so angestrengt darauf, wie ein Dichter, der schaffen und die Inspiration hervorrufen will. Ich versenkte mich so tief als möglich in meinen Gedanken, ich wendete ihn nach allen Seiten, ging bis auf seinen Grund, kehrte zum Ausgangspunkt zurück und fing von neuem an. Bald war es ein tolles Dahinstürmen der Phantasie, ein wunderbarer Flug aus aller Wirklichkeit heraus. Ich erdichtete mir Abenteuer, ersann Geschichten, baute Paläste, wohnte darin wie ein Kaiser. Ich höhlte alle Diamantenminen aus und warf Eimer voll Steine auf den Weg, der vor mir lag.

Und wenn der Abend gekommen war, wenn wir alle in unseren sauberen Betten mit den weißen Vorhängen lagen, und wenn der Studienmeister im Schlafsaal auf- und abging, wie verkroch ich mich dann noch mehr in mich selbst, und mit welcher Wonne barg ich in meinem Innern den Vogel, der mit den Flügeln schlug und dessen Wärme ich fühlte! Ich brauchte immer lange Zeit zum Einschlafen, ich hörte die Stunden schlagen, und je länger sie sich dehnten, desto glücklicher war ich. Es schien mir, als ob sie mich singend in die Welt führten, als ob sie mir in jedem Augenblicke meines Lebens grüßend zuriefen: "Weiter! Weiter! Der Zukunft entgegen! Ade! Ade!" Und wenn das letzte Zittern verklungen war, wenn mein Ohr von ihrem Klange nicht mehr summte, sagte ich mir: "Bis morgen, dieselbe Stunde wird wiederkehren; aber morgen ist es ein Tag weniger; einen Tag näher werde ich dem Ziele sein, das leuchtend vor mir liegt; näher meiner Zukunft, dieser Sonne, deren Strahlen mich überfluten und die ich dann mit Händen greifen werde." Und ich sagte mir, daß das Glück recht lange auf sich warten lasse, und fast weinend schlief ich ein.

Gewisse Worte setzten mich in Verwirrung, wie zum Beispiel ..Weib" und ..Geliebte". Ich suchte die Erklärung des ersteren in Büchern, auf Stichen und Bildern. Ich hätte die Gewänder darauf herunterreißen mögen, um etwas zu entdecken. Als ich schließlich alles ahnte, war ich zuerst wonnevoll benommen, wie von einer höchsten Harmonie; doch bald wurde ich ruhig und lebte von da an mit mehr Lebensfreude. Ich war stolz darauf, ein Mann zu sein, ein Wesen, das bestimmt ist, ein Weib für sich zu besitzen. Das Wort "Leben" war mir bekannt. Es bedeutete fast: Eintreten und etwas davon kosten; mein Wunsch ging nicht weiter, und ich war befriedigt, zu wissen, was ich wußte. Eine Geliebte war fürmich ein diabolisches Wesen; unter dem Zauber des bloßen Wortes geriet ich in langanhaltende Verzückungen. Für ihre Geliebten ruinierten sich die Könige, für sie eroberten sie Provinzen, für sie wurden indische Teppiche gewirkt, wurde Gold gehämmert, Marmor behauen, die Welt in Bewegung gesetzt. Eine Geliebte hat Sklaven, die ihr mit Wedeln die Mücken wehren, wenn sie auf seidengepolstertem Divan ruht. Elefanten, mit Geschenken beladen, erwarten sie beim Erwachen, Palankine tragen sie sanft an den Rand der Fontänen; sie sitzt auf Thronen in glanzerfüllter, duftgeschwängerter Luft, weit ab von der Menge, die sie verwünscht und anbetet.

Dieses Geheimnis des Weibes, das außerhalb der Ehe steht und gerade deshalb um so viel mehr Weib ist, reizte mich und nahm mich durch den doppelten Zauber der Liebe und des Reichtums gefangen. Ich liebte nichts so sehr als das Theater, ich liebte es bis zum Stimmengeschwirr in den Pausen, bis zu den Zugängen, die ich erregten Herzens durcheilte, um meinen Platz aufzusuchen. Hatte die Vorstellung schon begonnen, so stieg ich eilends die Treppen empor. Ich vernahm den Klang der Instrumente, Stimmen, Bravorufe. Und wenn ich eintrat, wenn ich mich setzte, lag ringsumher in der Luft der warme Hauch schöngekleideter Frauen, etwas, das nach Veilchenbuketts, weißen Handschuhen und gestickten Taschentüchern duftete. Gleich Kränzen von Blüten und Diamanten schienen die menschenüberfüllten Galerien dort oben zu schweben, um dem Gesang zu lauschen. Im Vordergrunde der Bühne stand nur die Sängerin, und ihre Brust, aus der die Töne hervorperlten, hob und senkte sich wogend. Der Rhythmus trieb ihre Stimme im Flug dahin und riß sie im melodischen Wirbel mit. Die Koloraturen wellten ihren angespannten Hals wie den eines Schwanes, unter der Last der Küsse der Luft. Sie rang die Arme, schrie, weinte, sandte zündende Blicke, rief jemand mit unsagbarer Liebe herbei, und wenn sie das Motiv wieder aufnahm, schien es mir, als reiße sie mit dem Klang ihrer Stimme mein Herz aus der Brust, um es sich in liebendem Erschauern zu vermählen. Man spendete ihr Beifall und warf ihr Blumen zu, und in meiner Begeisterung genoß ich in ihr den Weihrauch der Menge, die Liebe aller dieser Menschen und den Wunsch eines jeden von ihnen. Von ihr hätte ich geliebt werden mögen, geliebt mit verzehrender, furchtbarer Leidenschaft, der Leidenschaft einer Fürstin oder Schauspielerin, die uns stolz macht, uns sofort den Reichen und Mächtigen gleichstellt! Wie schön ist die Frau, der alle huldigen und die alle ersehnen, die der Menge den fieberhaften Wunsch für die Träume einer jeden Nacht eingibt; sie, die immer nur im Glanze der Kerzen erscheint, strahlend und singend, die Gedankenwelt eines Dichters erfüllend, als das Leben, das ihr zukommt! Und für ihren Geliebten muß sie noch eine andere Liebe haben, viel schöner als die, welche sie freigebig den hungrigen Herzen spendet, die sich an ihr laben, süßere Lieder, tiefere, leidenschaftlichere, lebendigere Töne! Ach, hätte ich in der Nähe ihrer Lippen sein können, denen sie so rein entströmten, hätte ich diese schimmernden Haare berühren dürfen, die unter Perlen glänzten! Doch die Rampe des Theaters war für mich die Schranke der Illusion. Das Reich der Liebe und Poesie lag jenseits; die Leidenschaften waren dort schöner und hatten einen tieferen Klang, Wälder und Paläste zerstoben wie Rauch, Sylphiden schwebten aus den Himmeln herab, alles sang, alles liebte.

An all das dachte ich, wenn ich abends allein saß und den Wind durch die Gänge pfeifen hörte, oder in den Pausen, während die anderen sich fingen oder Ball spielten, und ich an der Mauer entlang ging über die abgefallenen Lindenblätter; es freute mich, wenn meine Schritte sie raschelnd aufwühlten und vor sich hertrieben.

Bald faßte mich die Lust zu lieben. Ich wünschte die Liebe mit grenzenloser Begehrlichkeit herbei. Ich träumte von ihren Qualen, wartete jeden Augenblick auf einen tiefen Schmerz, der mich mit Wonne erfüllt hätte. Mehrere Male glaubte ich der Erfüllung nahe zu sein. In Gedanken nahm ich die erste beste Frau, die mir schön erschien, und sagte: "Die liebe ich!" Doch die Erinnerung, die ich hätte von ihr mitnehmen mögen, verblich und erlosch, anstatt sich zu vertiefen. Auch fühlte ich, daß ich mich zu Liebe zwang, daß ich mit meinem Herzen Komödie spielte, wodurch es sich nicht täuschen ließ. Und dies Fiasko machte mich lange Zeit traurig; fast trauerte ich um die Liebe, die ich nicht empfunden hatte, und dann träumte ich von einer anderen, die meine Seele erfüllen sollte.

Besonders am Morgen nach einem Ball oder einem Theaterabend, oder wenn ich aus zwei, drei Ferientagen zurückkam, erträumte ich mir eine Leidenschaft. Ich stellte mir die Frau meiner Wahl vor, so wie ich sie gesehen hatte: im weißen Kleid, in den Armen eines Kavaliers, der sie stützt und ihr zulächelt, im Walzer dahinschwebend, oder auf die samtbezogene Brüstung einer Loge gelehnt und ihr königliches Profil zeigend. Die Weisen der Kontertänze, der Glanz der Lichter verfolgten und blendeten mich noch eine Zeitlang; dann schmolz zuletzt alles in der Eintönigkeit einer schmerzlichen Träumerei zusammen. So habe ich tausend kleine Gefühle gehabt, die acht Tage oder einen Monat anhielten und denen ich die Dauer von Jahrhunderten hätte geben mögen. Ich weiß nicht, welches ihr Inhalt war, noch worin alle diese unbestimmten Wünsche zusammenflossen. Ich glaube, es war das Bedürfnis nach einem neuen Gefühl und eine Sehnsucht nach etwas Hohem, dessen Gipfel ich nicht sah.

Die Reife des Herzens geht der des Körpers voraus. Noch lag mir Empfinden näher als Genießen, mein Sinn stand mehr nach Liebe als nach Wollust. Heute vermag ich mir die Liebe des ersten Jünglingsalters nicht einmal mehr vorzustellen. Die Sinne spielen in ihr keine Rolle, und das Unendliche allein gibt ihr den Inhalt: als ein Übergang zwischen Kindheit und Jugend liegend, entschwindet sie so schnell, daß man sie vergißt.

Bei den Dichtern hatte ich so viel von Liebe gelesen und mir das Wort so oft wiederholt, um mich an seinem süßem Klang zu berauschen, daß ich bei jedem Stern, der in milder Nacht am blauen Himmel glänzte, bei jedem Wellenmurmelnam Ufer, bei jedem Sonnenstrahl im Tautropfen sagte: "Ich liebe, ach, ich liebe!" Und das machte mich glücklich und stolz. Ich war bereit zu den höchsten Opfern, und besonders, wenn eine Frau mich im Vorübergehen streifte oder mir ins Gesicht sah, hätte ich sie noch tausendmal mehr lieben, noch mehr für sie erdulden mögen und gewünscht, daß mein bißchen Herzklopfen mir die Brust sprengte.

Erinnere dich, Leser, der Lebenszeit, wo man unbestimmt lächelt, als ob die Luft voller Küsse wäre: das Herz ist ganz geschwellt von duftendem Hauch, das Blut pulst heiß in den Adern, es wallt wie schäumender Wein in einer Schale von Kristall. Beim Erwachen ist man glücklicher und reicher, als man am Abend vorher war, zitternder von Leben und Erregung. Süße Ströme steigen und fallen und durchtränken uns himmlisch mit berauschender Wärme. Sanft neigen die Bäume ihre Wipfel unter dem Winde, die Blätter erschauern aneinander, als wenn sie flüsterten, Wolken ziehen und geben den Himmel frei, von dem der Mond herablächelt und sein Spiegelbild in den Fluß wirft. Wenn man auf abendlichem Spaziergange den Duft des frischen Heues einatmet, den Kuckuck in den Wäldern hört und die Sternschnuppen fallen sieht, dann ist gewiß das Herz reiner, von Luft, Licht und Azur tiefer durchtränkt als der friedliche Horizont, wo Erde und Himmel sich in sanftem Kusse zu vermählen scheinen. Ach, wie das Haar der Frauen duftet! Wie zart die Haut ihrer Hände ist, wie ihre Blicke ins Herz dringen!

Doch schon war es nicht mehr der erste blendende Glanz der Kindheit, waren es nicht mehr die aufregenden Erinnerungen der vergangenen Nacht; ich trat im Gegenteil in das wirkliche Leben ein, wo ich meinen Platz hatte, in eine weite Harmonie, wo mein Herz einen Hymnus sang und in prächtiger Schwingung vibrierte. Ich genoß voll Wonne dieses entzückende Erblühen, und das Erwachen meiner Sinne hob meinen Stolz. Wie der erste Mensch der Schöpfung hob ich mich von langem Schlummer, und an meiner Seite sah ich ein mir ähnliches, doch abweichend gestaltetes Wesen. Das rief zwischen uns eine taumelerregende Anziehung hervor, und zugleich hatte ich für diese neue Gestalt ein neues Gefühl, das mich stolz machte, während die Sonne heller schien, die Bäume süßer als je dufteten und die Schatten wohliger und lockender waren.

Zu gleicher Zeit fühlte ich täglich die Entwicklung meines Geistes fortschreiten. Sie hielt mit der meines Herzens gleichen stand. Ich weiß nicht, ob meine Gedanken Gefühle waren, doch hatten sie alle die Glut einer Leidenschaft. Die innere Freude, die ich in der Tiefe meines Wesens spürte, strömte auf meine Mitmenschen über und hüllte sie für mich in den Glanz der Überfülle meines Glücks. Bald rührte ich an die Erkenntnis höchster Wonnen, und wie ein Mann an der Tür seiner Geliebten, verweilte ich absichtlich lange, voller Sehnsucht, um eine zuversichtlich winkende Hoffnung zu genießen und mir zu sagen: "Gleich werde ich sie in meinen Armen halten, sie wird mein sein, ganz mein, es ist kein Traum!"

Sonderbarer Widerspruch! Ich floh die Gesellschaft der Frauen, und ich empfand ein zauberhaftes Vergnügen in ihrer Nähe. Ich tat, als ob ich mir nichts aus ihnen machte, während ich in allen lebte und das Wesen einer jeden in mich hätte aufnehmen mögen, um mich mit ihrer Schönheit zu vereinigen. Schon ihre Lippen luden mich zu anderen Küssen als denen einer Mutter. In Gedanken hüllte ich mich in ihr Haar, lag zwischen ihren Brüsten, um in göttlichem Ersticken zu vergehen. Ich hätte das Halsband sein mögen, das ihren Hals umschlang, die Agraffe, die nach ihrer Schulter züngelte, das Gewand, das ihren Körper verhüllte. Auf den Kleidern sah ich nichts mehr, darunter aber lag eine Unendlichkeit von Liebe – ich verlor mich in Gedanken daran.

Diese Leidenschaften, die ich mir ersehnte, studierte ich in Büchern. Das Leben bewegte sich für mich um zwei, drei Gedanken, um zwei, drei Worte, um die sich alles übrige drehte, wie Planeten um ihren Fixstern. So hatte ich meine Welt mit einer Anzahl goldener Sonnen bevölkert. In meinem Kopfe drängten sich die Liebesgeschichten neben die schönen Revolutionen, die schönen Leidenschaften stellten sich den großen Verbrechen gegenüber. Ich träumte zugleich von den sternenhellen Nächten der heißen Länder und von dem Feuerschein brennender Städte, von den Lianen der Urwälder und dem Pomp vergangener Kaiserreiche, von Gräbern und von Wiegen. Gemurmel der Wogen im Binsengestrüpp, Girren von Turteltauben im Schlage, Myrtenwälder und Duft der Aloe, Klirren von Schwertern auf Rüstungen, stampfende Rosse, leuchtendes Gold, glitzerndes Leben, Todesröcheln Verzweifelter, – alles sah ich mit denselben weitaufgerissenen Augen an, wie einen Ameisenhaufen, der sich zu meinen Füßen regte. Doch von diesem äußerlich reichbewegten Leben, das von so mannigfaltigen Stimmen widerhallte, drang ein ungeheuerer Schmerz empor als seine Synthese und seine Ironie.

An Winterabenden blieb ich vor den erleuchteten Häusern stehen, in denen getanzt wurde, und hinter roten Vorhängen sah ich Schatten vorüberschweben. Ich hörte die Musik des Luxus: Gläser klirrten auf Servierbrettern, Silberzeug klapperte in den Schüsseln, und ich sagte mir, daß es nur von mir abhing, an diesem Feste teilzunehmen, zu dem man sich drängte, an diesem Bankett, wo alle schmausten. Ein ungeselliger Stolz hielt mich fern davon; denn ich fand, daß meine Einsamkeit mich gut kleidete und daß mein Herz reicher war, wenn es alles, was die Freude der Menschen ausmacht, mied. Ich setzte meinen Weg durch die verlassenen Straßen fort, wo die Laternen sich traurig beim Knirschen ihrer Rollen, schaukelten.

Ich erlebte träumend die Schmerzen der Dichter, ich weinte mit ihnen ihre schönsten Tränen. Sie kamen mir vom Grunde meines Herzens; ich war ergriffen, zerrissen. Zuweilen schien es mir, als mache mich die Begeisterung, die sie mir mitteilten, zu ihresgleichen, und als hebe sie mich an ihre Seite. Stellen, die andere kaltließen, berauschten mich und versetzten mich in seherische Raserei. Es war ein wonniges Wüten im Geist. Ich rezitierte sie laut am Meeresufer, oder ich ging gesenkten Hauptes über die Wiesen und sprach sie mit der verliebtesten und zartesten Stimme vor mich hin.

Unglücklich der Mensch, der sich nie einen tragischen Zorn gewünscht hat, der keine Liebeslieder auswendig weiß, um sie im Mondenlicht herzusagen! Wundervoll ist solch ein Leben in ewiger Schönheit, wenn man den Faltenwurf der Könige annimmt, Leidenschaft in ihrer höchsten Steigerung empfindet und die unsterblichen Gestalten des Genius liebt.

Von nun an lebte ich nur noch in schrankenlosen Idealen. Frei und nach Herzenslust umherschwärmend wie die Biene, sammelte ich überall zu meiner Nahrung und meinem Leben. Im Raunen der Wälder und der

Fluten klangen mir Stimmen, für die andere taub waren, und weit öffnete ich mein Ohr, um die Offenbarungen ihrer Harmonie zu vernehmen. Wolken und Sonne wurden mir zu gewaltigen Bildern, die keine Sprache malen kann, und ebenso bemerkte ich plötzlich in den menschlichen Handlungen Beziehungen und Gegensätze, deren lichtvolle Klarheit mich blendete. Zuweilen schienen Kunst und Poesie ihre grenzenlosen Weiten zu öffnen und einander mit ihrem Glänze zu bestrahlen. Ich baute Paläste aus rotfunkelndem Kupfer, ich stieg ewig auf einer Treppe von daunenweichen Wolken in einen Himmel voll Glanz.

Der Adler ist ein stolzer Vogel, der auf den höchsten Felsengipfeln wohnt; in den Tälern, tief unter sich, sieht er die Wolken wogen; sie führen die Schwalben mit. Er sieht den Regen auf die Tannen fallen, die Marmelsteine im Gießbach rollen; er sieht den Hirten, der seinen Ziegen pfeift, und die Gemsen, die über Abgründe springen. Mag der Regen fließen, der Sturm Bäume knicken, mögen Bergströme schluchzend herabbrausen, mag der Wasserfall rauchen und spritzen, der Donner toben und Berggipfel losreißen: ruhig schwebt er darüber und regt sorglos die Flügel; das Tosen der Berge behagt ihm, er stößt Freudenschreie aus, kämpft mit den dahinjagenden Wolken und steigt höher in den ungeheuren Himmelsraum. Auch mich belustigte das Toben der Unwetter und das undeutliche Summen der Menschen, das bis zu mir empordrang; ich lebte in Höhen, wo mein Sinn sich mit reiner Luft tränkte, wo ich Laute des Triumphes ausstieß, um die Unlust meiner Einsamkeit zu bannen.

Schnell kam mir ein unüberwindlicher Widerwille gegen alles Irdische. Eines Morgens fühlte ich mich alt und voll Erfahrungen über tausend unerprobte Dinge. Ich war gleichgültig gegen die verlockendsten und voll Mißachtung für die schönsten. Für alles, was der anderen Lust ausmachte, hatte ich nur Mitleid, und ich sah nichts, was auch nur der Mühe eines Wunsches lohnte. Vielleicht war meine Eitelkeit der Grund, daß ich über die gewöhnliche Eitelkeit erhaben war, und meine Indifferenz war nur das Übermaß einer grenzenlosen Begierde. Ich glich jenen neuen Bauten, auf denen sich schon Moos bildet, ehe sie fertig sind. Die lauten Vergnügungen meiner Kameraden langweilten mich, ich zuckte die Achseln, wenn ich ihre sentimentalen Albernheiten sah. Einige hoben ein Jahr lang einen alten weißen Handschuh oder eine vertrocknete Kamelie auf, um ihre Küsse und Seufzer daran zu hängen. Andere schrieben an Modistinnen oder trafen sich mit Köchinnen. Die einen erschienen mir dumm, die anderen grotesk. Und dann langweilte mich die gute Gesellschaft ebensosehr wie die schlechte. Den Frommen gegenüber gab ich mich zynisch und den Freigeistern mystisch, so daß mich niemand liebte.

Zu jener Zeit war ich noch unschuldig und fand Freude daran, die Prostituierten zu betrachten. Ich ging durch die Straßen, die sie bewohnen, ich schwärmte um die Orte, an denen sie promenieren. Zuweilen redete ich sie an, um mich selbst in Versuchung zu bringen, folgte ihnen, berührte sie, trat in ihren Dunstkreis. Da ich frech war, glaubte ich kalt zu sein. Ich fühlte im Herzen eine Leere, doch diese Leere war ein Abgrund.

Ich liebte es, mich im Strudel des Straßenlebens zu verlieren. Zuweilen verfiel ich auf dumme Zerstreuungen, wie etwa jeden Vorübergehenden starr anzublicken, um auf seinem Gesicht Laster oder hervorstechende Leidenschaften zu lesen. Alle die Köpfe glitten eilig an mir vorüber: die einen lächelten oder pfiffen im Weitergehen, während der Wind ihr Haar zauste; andere waren blaß, andere wieder rot, noch andere erdfahl; sie zogen schnell an mir vorüber, sie glitten einer nach dem andern vorbei, wie Aushängeschilder, an denen man im Wagen vorüberfährt. Oder ich betrachtete auch nur die Füße, die in allen Richtungen dahineilten, und ich versuchte, jedem Fuße einen Körper, dem Körper einen Gedanken, allen Bewegungen ein Ziel zu geben. Und ich fragte mich, wohin alle diese Schritte steuerten, und warum alle diese Leute gingen. Ich sah die Equipagen in die hallenden Säulengänge einbiegen und den schweren Wagentritt mit Krachen aufgehen. Die Menge drängte sich in die Eingänge der Theater. Ich sah Lichter durch den Nebel glänzen, und darüber stand der schwarze, sternenlose Himmel. An einer Straßenecke spielte ein Orgeldreher, Kinder in Lumpen sangen, ein Obsthändler schob seinen Karren, den eine rote Laterne beleuchtete. Man lärmte in den Cafés, die Spiegel glänzten im Scheine der Gasflammen, die Messer klangen auf den Marmortischen, am Eingange reckten sich die Armen, vor Kälte zitternd, um die Reichen tafeln zu sehen. Ich mischte mich unter sie, und mit denselben Blicken betrachtete ich die Glücklichen des Lebens. Ich beneidete sie um ihre banale Lust;

denn es gibt Tage, wo man so traurig ist, daß man sich noch trauriger machen möchte. Dann ist die Verzweiflung wie ein bequemer Weg, den man mit Wonne wählt. Das Herz ist von Tränen geschwollen, und man regt sich selbst zum Weinen an. Oft habe ich mir gewünscht, elend zu sein und Lumpen zu tragen, von Hunger gepeinigt zu werden, eine Wunde bluten zu fühlen, zu hassen und auf Rache zu sinnen.

Woher kommt doch dieser ruhelose Schmerz, auf den man stolz ist wie auf eine geniale Begabung, und den man verbirgt wie eine Liebe? Zu niemand spricht man davon, man behält ihn ganz für sich, man drückt ihn an die Brust unter tränenvollen Küssen. Doch wo liegt der Grund zu Klagen? Und was macht uns so düster, in den Jahren, wo alles lächelt? Hast du nicht treue Freunde? Eine Familie, deren Stolz du bist, Lackstiefel, einen wattierten Überzieher? Poetische Litaneien, Erinnerungen aus schlechter Lektüre, rhetorische Übertreibungen sind alle diese großen Schmerzen ohne Namen. Doch ist nicht vielleicht auch das Glück eine Metapher, die an einem Tage der Langeweile geprägt wurde? Lange habe ich daran gezweifelt. Heute zweifle ich nicht mehr.

Ich habe nicht geliebt, und hätte so viel Liebe empfinden mögen! Ich werde sterben, ohne einen wirklichen Genuß gekannt zu haben. Noch jetzt bietet mir das Leben tausend Gesichte, die ich kaum erschaut habe. Niemals habe ich an sprudelnder Quelle auf abgehetztem Pferde den Klang des Hifthorns in der Tiefe der Wälder gehört. Niemals habe ich auch in linder Nacht unter duftenden Rosen eine liebende Hand in der meinigen beben gefühlt oder ihren stummen Druck gespürt. Ach, ich bin leerer, hohler, trauriger als ein eingeschlagenes Faß, das man ganz ausgetrunken hat und in dessen dunklem Innern die Spinnen ihre Netze weben. Es war nicht Renés Kummer noch die göttliche Unermeßlichkeit seines Weltschmerzes, der schöner ist und silbriger als die Strahlen des Mondes. Ich war nicht keusch wie Werther, noch ein Wüstling wie Don Juan; mein Gefühl war dazu weder genügend rein noch genügend stark.

Ich war also, wie ihr alle, irgendein Mensch, der lebt, schläft, ißt, trinkt, der weint und lacht, der in seiner Verschlossenheit überall, wohin er kommt, dieselben vernichteten Hoffnungen in seiner Seele mitbringt, die, kaum erblüht, schon abfallen, denselben Trümmerschutt, dieselben tausendmal zurückgelegten Pfade, dieselben unerforschten, schrecklichen, langweiligen Tiefen. Seid ihr es nicht leid gleich mir, jeden Morgen zu erwachen und die Sonne wieder zu sehen? Leid, dasselbe Leben zu führen, denselben Schmerz zu erdulden? Leid, zu wünschen und leid, enttäuscht zu werden? Leid, zu warten und leid, zu besitzen? Wozu dies schreiben? Wozu mit derselben klagenden Stimme dieselbe traurige Erzählung fortführen? Als ich begann, da hielt ich sie für schön, aber während ich fortfahre, fallen mir Tränen auf mein Herz und ersticken seine Stimme.

Ach, die bleiche Wintersonne! Sie ist traurig wie eine glückliche Erinnerung. Wir sitzen im Finstern, schauen zu, wie unser Feuer brennt. Über die ausgebreiteten Kohlen laufen kreuzweise große, schwarze Linien, die zu zucken scheinen wie die lebenerfüllten Adern eines anderen Daseins; wir erwarten die Nacht. Laßt uns der schönen Tage gedenken, der Tage, da wir froh waren, da wir mit Freunden zusammen lebten, da die Sonne lachte und die Vögel nach dem Regen im Versteck sangen, der Tage, da wir im Garten umhergingen: der Sand der Wege glänzte feucht, die Beete lagen voll abgefallener Rosenblätter, die Luft war von Duft erfüllt. Warum haben wir unser Glück nicht tiefer empfunden, als es durch unsere Hände glitt? In jenen Tagen hätten wir nur daran denken sollen, es auszukosten und jede Minute langsam zu schlürfen, damit sie weniger eilig entschwinde. Es gibt Tage, die wie andere dahingegangen sind, und deren ich mich mit Entzücken erinnere. Einmal zum Beispiel – es war im Winter und sehr kalt, – kamen wir vom Spaziergang heim, und da wir nur wenige waren, durften wir uns um den Ofen setzen. Während wir unsere Regeln lernten, rösteten wir unsere Brotschnitten. Es brüllte in der Ofenröhre. Wir plauderten von tausend Dingen: von Stücken, die wir gesehen hatten, von Frauen, die wir liebten: von unserem Abgang von der Schule; davon, was wir machen würden, wenn wir groß wären, und von ähnlichem. Ein anderes Mal lag ich einen ganzen Nachmittag in einem Felde, wo kleine Maßliebchen aus dem Grase hervorsahen. Sie waren gelb, rot, – sie verschwanden im Grün der Wiese. Es war ein Teppich von unendlich mannigfaltigen Schattierungen. Am klarblauen Himmel waren kleine weiße Wolken, die wie rundliche Wogen dahintrieben; durch meine vor das Gesicht gelegten Hände schaute ich zur Sonne empor. Sie vergoldete den Rand meiner Finger und machte mein Fleisch rosig. Ich schloß die Augen, um unter meinen Lidern große, grüne, goldgefranste Flecke zu sehen. Und eines Abends, ich weiß nicht mehr wann, war ich neben einem Heuhaufen eingeschlafen. Als ich erwachte, war es Nacht, die Sterne funkelten, zuckten, die Heuschober warfen ihre Schatten, und der Mond zeigte sein schönes, silbernes Gesicht.

Wie weit liegt das alles! Lebte ich wirklich zu jener Zeit? War ich das, und bin ich jetzt? Jede Minute meines Lebens ist durch einen Abgrund von der nächsten geschieden. Zwischen gestern und heute liegt für mich eine Ewigkeit, die mich erschreckt. Jeden Tag habe ich das Gefühl, am vorhergehenden nicht so elend gewesen zu sein, ohne deshalb sagen zu können, was ich mehr besaß. Ich fühle wohl, daß ich ärmer werde, und daß die kommende Stunde mir etwas nimmt, und ich bin nur verwundert, daß in meinem Herzen noch Raum für das Leid ist. Doch das menschliche Herz ist unerschöpflich an Traurigkeit: ein- oder zweimal nur zieht das Glück darin ein, aber aller Jammer der Menschheit kann sich dort vereinigen und als Gast darin hausen.

Wenn man mich gefragt hätte, was mir fehlte, so hätte ich keine Antwort gewußt. Meine Wünsche waren gegenstandslos, meine Traurigkeit hatte keinen unmittelbaren Grund; oder vielmehr gab es so viel Veranlassungen und so viel Ursachen, daß ich keine hätte nennen können. Alle Leidenschaften zogen in mich ein und konnten nicht wieder aus dem Herzen heraus. Sie fühlten sich beengt darin. Sie setzten einander in Brand wie Hohlspiegel. Bescheiden, war ich voller Stolz. In der Einsamkeit lebend, träumte ich von Ruhm. Die Welt meidend, brannte ich darauf, mich in ihr zu zeigen und zu glänzen. Keusch, überließ ich mich bei Tag und Nacht in meinen Träumen der zügellosesten Wollust, dem wildesten Vergnügen. Das Leben, das ich in mich selbst zurücktrieb, zog mir das Herz in wildem Krampf zusammen und bedrängte mich bis zum Ersticken.

Zuweilen war ich am Ende meiner Kraft. Grenzenlose Leidenschaft verzehrte mich, ich war voll glühender Lava, die meinem heißen Herzen entströmte. Ich liebte mit wütender Liebe namenlose Dinge, sehnte mich nach prächtigen Träumen. Alle Lüste der Phantasie lockten mich, ich wünschte mir alle Poesie, alle Harmonie, und von der Last meines Herzens und meines Stolzes zermalmt, stürzte ich gebrochen in einen Abgrund von Schmerzen Das Blut fuhr peitschend über mein Gesicht, es hämmerte in meinen Adern; meine Brust wollte springen, ich sah nichts mehr, ich fühlte nichts, ich war trunken, wahnsinnig. Ich bildete mir ein, groß zu sein, eine höchste Inkarnation darzustellen, deren Offenbarung die Welt in Staunen gesetzt hätte; und inre Wehen waren das Leben des Gottes, den ich in meinem Innern trug. Diesem herrlichen Gott habe ich jede Stunde meiner Jugend geopfert. Ich hatte aus mir einen Tempel gemacht, der etwas Göttliches enthalten sollte. Der Tempel ist leer geblieben; Nesseln sind zwischen seinen Steinen emporgesprossen; die Pfeiler stürzen ein; nun bauen Eulen ihre Nester darin. Da ich das Dasein nicht nutzte, nutzte mich das Dasein ab. Meine Träume ermüdeten mich mehr als schwere Arbeit. Eine ganz regungslose, sich selbst unverständliche Welt lebte ihr dumpfes Dasein unter meinem Leben. Ich war ein schlummerndes Chaos von tausend fruchtbaren Keimen, die nicht ans Licht zu kommen wagten, noch mit sich selbst etwas anzufangen wußten. Sie wollten Formen annehmen und warteten auf ihre Gestaltung.

In der Mannigfaltigkeit meines Wesens glich ich einem unermeßlichen indischen Walde, wo das Leben in jedem Atom zuckt und sich unter jedem Sonnenstrahl ungeheuerlich oder wundervoll entwickelt. Giftige Düfte erfüllen den Azur, Tiger springen, Elefanten schreiten stolz wie lebende Pagoden einher. Die Götter, geheimnisvoll und mißgestaltet, sind in Höhlen und Grotten unter Massen von Gold verborgen. Und mitten hindurch fließt der breite Fluß, mit seinen Krokodilen, die ihre Rachen aufsperren und mit ihrem Schuppenpanzer zwischen dem Lotus der Gestade klappern; mit seinen Inseln voller Blumen, die von der Strömung zwischen Baumstämmen und grünen Leichen Pestkranker mitgerissen werden. Und doch liebte ich das Leben, aber das überschäumende, strahlende, glänzende Leben. Ich liebte es im rasenden Galopp der Renner, im Funkeln der Sterne, im Treiben der Wogen, die ans Ufer schlagen. Ich liebte es im Pulsieren schöner, nackter Brüste, im Zittern verliebter Blicke, im Vibrieren der Violinsaiten, im Erschauern der Eichen, in der sinkenden Sonne, die die Scheiben vergoldet und an die Balkons von Babylon gemahnt, auf deren Brüstung sich Königinnen stützen und Asien betrachten.

Und inmitten alles dessen verharrte ich regungslos. Zwischen so viel Tun und Lassen, das ich sah und zu dem ich sogar Antrieb war, blieb ich tatenlos, ebensowenig daran teilnehmend wie eine Statue, der ein Fliegenschwarm ins Ohr summt und über deren Marmor die Tiere laufen.

Ach, wie würde ich geliebt haben, wenn ich geliebt hätte, wenn ich alle diese auseinanderstrebenden Kräfte, die sich in mir regten, hätte zusammenfassen können! Zuweilen wollte ich um jeden Preis eine Frau finden. Ich wollte sie lieben; sie enthielt alles für mich, ich erwartete alles von ihr. Sie war meine poetische Sonne, die jede Blume zur Entfaltung bringen und alle Schönheit erblühen lassen mußte. Ich versprach mir eine göttliche Liebe, ich lieh ihr im voraus einen blendenden Strahlenkranz, und der ersten, die der Zufall mir in der Menge entgegenführte, weihte ich meine Seele, und ich schaute sie so an, daß sie mich wohl verstand, daß sie in diesem einen Blick alles lesen konnte, was ich ihr hätte sein wollen, und daß sie mich lieben konnte. Ich legte mein Geschick in die Hände des Zufalls; doch sie ging vorüber, wie die anderen, die Früheren und die Späteren, und schließlich sank ich nieder, vernichtet wie ein vom Sturm zersetztes und wasserdurchtränktes Segel.

Nach solchen Krisen tat sich das Leben wieder von neuem in dem ewigen Einerlei seiner Stunden auf, die schwinden, und seiner Tage, die wiederkehren. Ich erwartete den Abend mit Ungeduld, ich rechnete aus, wieviel Zeit mir noch bis zum Ende des Monats blieb, ich wünschte die kommende Jahreszeit herbei, ich sah ein holderes Dasein lächeln. Manchmal wollte ich mich mit Wissenschaften und Gedanken betäuben, um diesen bleischweren Mantel abzuschütteln, der auf meinen Schultern lastete; wollte arbeiten, lesen. Ich schlug ein Buch auf, dann ein zweites, dann zehn hintereinander, und ohne zwei Zeilen aus einem einzigen gelesen zu haben, warf ich sie mit Widerwillen fort und versank von neuem in den Schlummer derselben Langeweile.

Was in dieser Welt anfangen? Wovon träumen? Was beginnen? Sagt es mir doch, ihr, denen das Leben gefällt, die ihr ein Ziel habt und euch für etwas quält!

Ich fand nichts, das meiner würdig gewesen wäre, wie ich ebenso nichts fand, wozu ich mich eignete. Arbeiten, alles einer Idee opfern, einem Ehrgeiz, einem elenden trivialen Ehrgeiz? Einen Platz einnehmen und einen Namen haben? Und dann? Wozu das alles? Und schließlich liebte ich den Ruhm nicht, selbst der rauschendste hätte mich nicht befriedigt, weil er niemals meinem Herzen etwas gewesen wäre. Ich bin geboren mit dem Wunsche nach dem Tode. Nichts schien mir dümmer als das Leben, und nichts schmachvoller, als daran zu hängen. Gleich den Menschen meiner Zeit bin ich ohne Religion aufgewachsen und kannte weder das dürre Glück der Atheisten noch die sorglose Ironie der Skeptiker. Ich bin zuweilen, ohne Zweifel aus Laune, in eine Kirche eingetreten, um die Orgel zu hören und die kleinen steinernen Statuen in ihren Nischen zu betrachten. Bis zum Dogma drang ich nicht vor; ich fühlte mich ganz als Nachkomme Voltaires.

Ich sah die anderen Menschen leben, doch ein anderes Leben als das meinige. Diese glaubten, jene leugneten, andere zweifelten, noch andere wollten von alledem nichts wissen und gingen ihren Geschäften nach, das heißt, sie verkauften in ihren Läden, schrieben Bücher oder schrien von ihrem Lehrstuhl herab. Das war nun die sogenannte Menschheit, ein ruheloser Anblick von Schurken, Feiglingen, Idioten und Häßlichen. Und ich war in der Menge, wie eine losgerissene Alge im Ozean, zwischen zahllosen Wogen, die rollten, mich umdrängten und umbrausten.

Ich hätte Kaiser sein mögen wegen der absoluten Gewalt, wegen der Menge der Sklaven, wegen der vor Begeisterung zitternden Armeen. Ich hätte Weib sein mögen um der Schönheit willen, um mich selbst zu bewundern, mich in meiner Nacktheit zu sehen, mein Haar bis auf die Füße herabfallen zu lassen und mein Spiegelbild im Strom zu betrachten. Ich verlor mich nach Herzenslust in endlose Träumereien, ich wohnte in der Phantasie herrlichen, antiken Festen bei, war indischer König und ritt auf einem weißen Elefanten zur Jagd, sah jonische Tänze, vernahm auf den Stufen eines Tempels den Wellenschlag des griechischen Meeres, hörte die Nachtwinde in den Oleanderbüschen meiner Gärten, floh mit Kleopatra auf meiner antiken Galeere. Ach, wie töricht war das alles! Fluch der Ährenleserin, die ihr Tagewerk liegen läßt und den Kopf hebt, um die Kutschen auf der Landstraße vorbeifahren zu sehen! Wenn sie sich wieder an die Arbeit macht, wird sie von Kaschmirschals und der Liebe eines Prinzen träumen: sie wird keine Ähre mehr finden und ohne Garbe heimkommen.

Besser wäre gewesen, es wie alle Welt zu machen: das Leben weder zu ernst noch zu grotesk zu nehmen, einen Beruf zu wählen und auszuüben, seinen Teil vom allgemeinen Kucken zu empfangen und ihn zu verzehren in dem Glauben, daß er gut sei; besser, als den traurigen Weg zu verfolgen, den ich ganz allein zurückgelegt habe. Dann würde ich nicht hier sitzen und dies schreiben, oder es wäre eine andere Geschichte geworden. Je weiter ich komme, desto mehr verschwimmt sie für mich, wie die Fernsichten, die man aus zu großer Weite sieht. Denn alles vergeht, auch die Erinnerung an unsere heißesten Tränen, an unser fröhlichstes Lachen. Das Auge trocknet schnell, und der Mund legt sich wieder in seine alten Falten. Heute erinnere ich mich aus jener Zeit nur noch eines langen Ekels, der mehrere Winter gedauert hat, Winter, die ich mit Gähnen verbracht habe und dem Wunsche, mein Leben sei zu Ende.

Vielleicht hat dies alles mich glauben gemacht, ich sei ein Dichter; kein Leiden hat mich verschont, wie ihr seht! Ja, es schien mir früher, als hätte ich Genie. Ich ging, den Kopf voll prächtiger Gedanken; der Stil floß aus meiner Feder, wie das Blut durch meine Adern. Bei der leisesten Berührung mit dem Schönen stieg eine reine Melodie in mir auf, gleich den Stimmen der Luft, jenen Tönen, die der Wind bildet und die aus den Bergen kommen. Die menschlichen Leidenschaften würden wunderbar erklungen sein, wenn ich sie berührt hätte. Ich trug fertige Dramen in mir herum, die voll von wilden Szenen und ungekannten Schrecken waren. Vom Kinde in der Wiege bis zum Toten im Sarge tönte die Menschheit mit all ihrem Widerhall in mir. Zuweilen durchzuckten riesenhafte Gedanken plötzlich meinen Geist, wie jene großen stummen Blitze zur Sommerzeit, die eine ganze Stadt bis in alle Einzelheiten ihrer Gebäude, Straßen und Winkel erleuchten. Ich war erschüttert, geblendet; doch wenn ich bei andern dieselben Gedanken, sogar ihrer Form nach, wiederfand, die mir aufgestiegen waren, verfiel ich plötzlich in eine abgrundlose Entmutigung. Ich hatte mich für ihresgleichen gehalten, und war nur ihr Nachahmer gewesen!

Vom Rausch des Genies stürzte ich wieder in das trostlose Gefühl der Mittelmäßigkeit, mit der ganzen Wut entthronter Könige und den Qualen der Schmach. An gewissen Tagen hätte ich geschworen, für die Poesie geboren zu sein. Zu anderen Zeiten erschien ich mir fast dumm. Und während ich so immer von der Höhe in die Tiefe herabstürzte, war und blieb ich schließlich elend wie die Leute, die bald reich, bald arm im Leben sind.

In jenen Zeiten war es mir jeden Morgen beim Erwachen, als müsse an diesem Tage irgendein bedeutsames Ereignis eintreten. Mein Herz war von Hoffnung geschwellt, als erwartete ich eine Ladung Glück aus fernen Landen. Doch wenn der Tag vorrückte, verlor ich allen Mut; besonders in der Dämmerung empfand ich deutlich, daß nichts kommen würde. Endlich brach die Nacht an, und ich legte mich schlafen. Zwischen der Natur und mir stellte sich eine traurige Gleichgestimmtheit ein. Wie zog sich mein Herz zusammen, wenn der Wind durch die Schlüssellöcher pfiff, wenn die Laternen ihren Schein über den Schnee warfen und wenn ich die Hunde den Mond anbellen hörte!

Ich sah nichts, woran ich mich hätte halten können, weder Welt noch Einsamkeit, weder Poesie noch Wissenschaft, weder Gottlosigkeit noch Glaube. Ich irrte dazwischen umher wie die Seelen, von denen die Hölle nichts wissen will und die das Paradies zurückstößt. Da kreuzte ich die Arme und betrachtete mich als tot; ich war nur noch eine in meinem Schmerz einbalsamierte Mumie. Das Verhängnis, das seit meiner Kindheit auf mir gelastet hatte, schien sich mir über die ganze Welt zu breiten. Ich sah es in allen menschlichen Handlungen, ebenso weit reichend wie das Sonnenlicht auf dem Antlitz der Erde. Es wurde mir zu einer grausen Gottheit, die ich anbetete, wie die Inder den wandelnden Koloß anbeten, der über ihre Leiber zieht. Ich gefiel mir in meinem Kummer, ich tat nichts mehr, ihm zu entgehen. Ja, ich kostete ihn voll aus mit der verzweifelten Freude eines Kranken, der an seiner Wunde kratzt und lacht, wenn er Blut an den Nägeln sieht. Gegen das Leben, gegen die Menschen, gegen alles faßte mich eine namenlose Wut. Im Herzen barg ich Schätze der Liebe, und ich wurde grausamer als die Tiger. Ich hätte die Schöpfung vernichten und mit ihr im unendlichen Nichts entschlafen mögen. Warum erwachte ich nicht beim Scheine brennender Städte? Ich hätte das Krachen der Gebeine hören mögen, die in der Glut prasseln. Ich hätte die von Leichen erfüllten Flüsse überschreiten, über die Nacken der Völker hinjagen und sie mit den vier Hufen meines Rosses zerstampfen mögen. Ich hätte Dschingis-Chan, Tamerlan, Nero sein und die Welt mit dem Runzeln meiner Brauen erschrecken mögen.

So hoch Begeisterung und Glanz mich getragen, so tief sank ich in mich selbst zurück und verkroch mich in mein Inneres. Lange schon ist mein Herz vertrocknet, nichts grünt mehr darin, es ist leer wie die Gräber, deren Tode verwest sind. Ich hatte einen Haß auf die Sonne geworfen. Das Rauschen der Flüsse und der Anblick der Wälder waren mir lästig. Nichts schien mir dümmer als die Natur. Alles umdüsterte sich und verlor seinen Glanz; ich lebte in beständiger Dämmerung.

Zuweilen fragte ich mich, ob ich mich nicht täuschte. Ich wog meine Jugendzeit, meine Zukunft ab – aber welch eine jämmerliche Jugend, welch eine leere Zukunft! Wenn ich den Anblick meines Elends loswerden und die Welt sehen wollte, so nahm ich nur Geheul, Geschrei, Tränen, Krämpfe, immer dieselbe Komödie wahr, die, stets von denselben Schauspielern gespielt, wiederkehrte. Und ich sagte mir, daß es Menschen gibt, die sich ernstlich damit befassen und jeden Morgen von neuem an die Arbeit gehen! Nur eine große Liebe hätte mich aus all dem herausreißen können, doch das schien mir außerhalb aller Möglichkeit zu liegen, und bitter trauerte ich dem Glücke nach, das ich mir erträumt hatte.

Da erschien mir der Tod schön. Ich habe ihn immer geliebt. Als Kind wünschte ich ihn aus Neugierde herbei, um zu wissen, wie es in den Gräbern aussieht und was für Träume jener Schlummer birgt. Ich erinnere mich, oft den Grünspan von alten Sousstücken abgekratzt zu haben, um mich damit zu vergiften. Ich versuchte, Nadeln zu verschlucken, mich der Bodenluke zu nähern, um mich auf die Straße zu stürzen … Wenn ich daran denke, daß fast alle Kinder es ebenso machen, daß sie sich bei ihren Spielen zu entleiben suchen, sollte ich daraus nicht schließen, daß der Mensch trotz allem den Tod mit verzehrender Leidenschaft liebt? Er weiht ihm alles, was er schafft, er ist aus ihm geboren und kehrt zu ihm zurück.

Solange er lebt, denkt er nur an ihn, er trägt seinen Keim im Körper und den Wunsch danach im Herzen.

Der Gedanke, nicht mehr zu sein, ist so süß! Über allen Friedhöfen liegt eine solche Ruhe! Schläft man erst dort, ausgestreckt, in das Leichentuch gehüllt und die Hände kreuzweise über der Brust gefaltet, so ziehen die Jahrhunderte vorüber, ohne den Schläfer mehr zu stören als der Wind, der durch das Gras fährt. Wie oft habe ich in den Kapellen der Kathedralen die langen, steinernen, auf den Grabmälern liegenden Statuen betrachtet! Ihre Ruhe ist so tief, daß sie sich mit nichts in diesem irdischen Leben vergleichen läßt. Auf ihrer kühlen Lippe liegt wie ein Lächeln, das aus der Tiefe des Grabes heraufsteigt. Man könnte glauben, sie schliefen, sie genössen den Tod. Nicht mehr zu weinen, nicht mehr diese Hinfälligkeit zu fühlen, wo alles zusammenzustürzen scheint wie morsche Gerüste, das ist ein Glück, höher als jedes andere, das ist die Freude ohne Morgen, der Traum ohne Erwachen. Und dann kommt man vielleicht in eine schönere Welt jenseits der Sterne, in ein licht- und dufterfülltes Leben. Man ist vielleicht ein Teil vom Duft der Rosen und der Frische der Wiesen! Ach, nein, nein! Ich will lieber glauben, daß man vollständig tot ist, daß nichts aus dem Sarge aufersteht. Und wenn man noch etwas fühlen soll, so sei es das eigene Nichts. Möge der Tod sich an sich selbst weiden und sich bewundern; gerade Leben genug, um zu fühlen, daß man nicht mehr ist.

Und ich stieg auf die Türme, ich beugte mich über den Abgrund, ich wartete auf den Schwindel, ich hatte grenzenlose Lust, mich hinabzustürzen, von der Luft davongetragen zu werden, mich in die Winde zu zerstreuen. Ich liebäugelte mit der Spitze der Dolche, ich sah in die Läufe der Pistolen, ich setzte sie an meine Stirn. Ich gewöhnte mich an die Berührung ihrer Kälte und ihrer Schärfe. Zuweilen sah ich Fuhrleute um die Straßenecke biegen und die ungeheuer breiten Räder den Staub der Straße zermalmen. Ich dachte, daß sie meinen Kopf ebenso zerquetschen könnten, indes die Pferde im Schritt dahingingen. Doch hätte ich nicht begraben sein mögen. Der Sarg erschreckte mich. Ich hätte vorgezogen, auf einer Schicht trockenen Laubes im Walde niedergelegt zu werden; dann sollte mein Leib Stück für Stück vom Schnabel der Vögel und von Sturm und Regen verzehrt werden.

Eines Tages blieb ich in Paris lange auf dem Pont-Neuf stehen. Es war Winter, die Seine trieb Eis, dicke, runde Schollen zogen langsam die Strömung hinab und fuhren krachend gegen die Pfeiler. Der Fluß hatte eine grünliche Färbung. Ich dachte an alle die, die da hineingegangen, um ihrem Leben ein Ende zu machen. Wieviel Leute waren an der Stelle vorbeigekommen, an der ich stand, stolzen Hauptes ihrer Liebe oder ihren Geschäften nacheilend. Eines Tages waren sie wiedergekommen, langsam heranschleichend und bebend vor der Nähe des Todes! Sie haben sich der Brüstung genähert, sind hinübergestiegen und hinabgesprungen. O, wieviel Elend ist da zu Grabe getragen, wieviel Glück hat da seinen Anfang genommen! Welch kaltes, feuchtes Grab! Wie weit sich das allen auftut! Wieviele es faßt! Sie alle liegen da auf dem Grunde und rollen langsam mit ihren verzerrten Gesichtern und blauen Gliedern dahin. Jede dieser eisigen Wellen treibt sie in ihrem Schlafe weiter und führt sie sanft dem Meere zu.

Manchmal blickten die Greise mich neidisch an. Sie sagten, ich sei glücklich zu preisen, weil ich jung wäre, ich stände in den schönsten Lebensjahren. Ihre eingefallenen Augen bewunderten meine weiße Stirn; sie erinnerten sich ihrer Liebschaften und erzählten mir davon. Aber ich habe mich oft gefragt, ob zu ihrer Zeit das Leben schöner gewesen; und da ich nichts in mir entdeckte, was man hätte beneiden können, war ich auf ihren Kummer eifersüchtig, weil er ein Glück barg, das ich nicht gekannt hatte. Und dann waren das kindliche Schwächen, die Mitleid erregen konnten. Ich lachte leise und beinahe grundlos, wie Genesende tun. Zuweilen fühlte ich eine plötzliche Zärtlichkeit für meinen Hund, und ich umarmte ihn leidenschaftlich, oder ich öffnete einen Schrank, um irgendeinen alten Schulanzug wiederzusehen, und ich dachte an den Tag, an dem ich ihn eingeweiht, an die Orte, wo ich ihn getragen, und verlor mich in Erinnerungen an all die Tage, die hinter mir lagen. Denn was tut's, ob die Erinnerungen süß, traurig oder heiter sind! Die traurigsten sind noch die köstlichsten; denn sie geben uns das Gefühl der Unendlichkeit. Zuweilen durchlebt man Jahrhunderte, wenn man an eine bestimmte Stunde denkt, die niemals wiederkehren wird, die für immer dem Nichts angehört und die man um den Preis der ganzen Zukunft zurückkaufen möchte.

Doch solche Erinnerungen sind wie spärliche Lichter in einem dunklen Saal; sie strahlen inmitten der Finsternis; und in ihrem Schein erglänzt nur, was nahe bei ihnen steht, während alles übrige um so dunkler und tiefer in Schatten und Widerwärtigkeit liegt.

Bevor ich weiter schreibe, muß ich folgendes erzählen:

Ich erinnere mich nicht mehr genau des Jahres. Es war während der Ferien. Ich erwachte frohgemut und schaute aus dem Fenster. Der Tag nahte. Ganz weiß stand der Mond am Himmel. Aus den Schluchten der Hügel stiegen graue und rosige Dämpfe und lösten sich in der Luft. Das Geflügel gackerte auf dem Hofe. Hinter dem Hause auf dem Wege, der in die Felder führt, hörte ich dann einen Karren vorbeikommen, dessen Räder in den Wagenspuren klapperten. Die Heumacher gingen zur Arbeit. In den Hecken hing der Tau; jetzt schien die Sonne darauf. Es duftete nach Feuchtigkeit und Wiesen.

Ich verließ das Haus und ging nach X ...; drei Stunden Weges lagen vor mir. Ich machte mich auf, allein, ohne Stock, ohne Hund. Zuerst schlug ich die Pfade ein, die sich zwischen Kornfeldern hinschlängeln. Ich kam unter Apfelbäumen her, an Hecken entlang. Ich dachte an nichts, ich lauschte dem Geräusch meiner Schritte, der Rhythmus meiner Bewegung wiegte meinen Gedanken. Ich fühlte mich frei, still und ruhig; es war heiß. Von Zeit zu Zeit blieb ich stehen.

Meine Schläfen hämmerten. Auf den Stoppelfeldern zirpten die Heimchen, und ich ging weiter. Ich kam durch einen Weiler, der ganz ausgestorben schien; von den Höfen drang kein Laut. Es war wohl Sonntag. Auf dem Rasen lagen Kühe im Schatten der Bäume, sie käuten langsam wieder und wehrten mit den Ohren die Fliegen ab. Ich erinnere mich, daß ich einen Weg ging, neben dem ein Bach über Kiesel floß; grüne Eidechsen und Insekten mit goldenen Flügeln kletterten langsam am Rande des Hohlweges hin, der voller Laub lag.

Dann kam ich auf ein Plateau, zwischen gemähte Felder. Vor mir lag das Meer; es war tiefblau. Verschwenderisch streute die Sonne ihre leuchtenden Perlen darüber. Feurige Furchen zogen über die Fluten. Zwischen dem Azur des Himmels und der tieferen Farbe des Meeres strahlte und flammte der Horizont. Über mir wölbte sich die Himmelskuppel bis hinab zu den Fluten, die an ihr emporstiegen; sie überspannte so eine unsichtbare Unendlichkeit. Ich legte mich in eine Furche und schaute zum Himmel empor, verloren in den Anblick seiner Schönheit.

Ich lag in einem Kornfelde. Wachteln flatterten um mich herum und ließen sich auf Erdschollen nieder. Das Meer war ruhig, und sein Murmeln klang mehr wie ein Seufzer denn wie eine Stimme. Selbst die Sonne schien zu tönen, sie überflutete alles, ihre Strahlen brannten auf meine Glieder, die Erde warf ihre Glut zurück. Ich ertrank in Licht, ich schloß die Augen, und ich sah es dennoch. Der Hauch der Wogen stieg bis zu mir, mit dem Geruch des Tanges und der Seepflanzen. Zuweilen schienen sie einzuschlafen, oder sie erstarben ohne Laut am schaumgeränderten Ufer, wie eine Lippe, die geräuschlos küßt. Und in der Ruhepause zwischen zwei Wogen, wenn der schwellende Ozean schwieg, hörte ich einen Augenblick das Gezwitscher der Wachteln; dann setzten die Wogen von neuem ein, und dann wieder die Vögel.

Ich stieg eilends zur Meeresküste hinab, mit sicherem Sprung über Geröll hinwegsetzend. Ich trug den Kopf hoch voll Selbstgefühl, ich atmete stolz die frische Brise, die den Schweiß in meinen Haaren trocknete. Der Geist Gottes erfüllte mich. Ich fühlte, wie mein Herz sich weitete. In einer merkwürdigen Erregung betete ich etwas an; ich hätte mich im Sonnenlicht auflösen und in der azurnen Unendlichkeit verlieren mögen, mit dem Duft, der von der Fläche der Fluten stieg. Da faßte mich eine rasende Freude, und ich schritt dahin, als ob alles Glück der Himmel sich in meine Seele ergossen hätte. Da die Klippen an dieser Stelle vorsprangen, verschwand die ganze Küste, und ich sah nur noch das Meer; die Wogen rollten auf den Uferkies zu meinen Füßen, sie schäumten gegen die aus dem Wasser starrenden Felsen, schlugen taktmäßig dagegen, umschlangen sie mit feuchten Armen und durchsichtigen Laken und fielen blauleuchtend zurück. Der Wind führte den Gischt mit und furchte die Wasserlachen, die in den Höhlungen des Gesteins standen. Der triefende Tang wiegte sich, noch erregt von der Gewalt der Wogen, die ihn verlassen. Von Zeit zu Zeit flog eine Möwe mit lautem Flügelschlag vorüber und kam bis zur Höhe der

Klippe empor. Wenn das Meer zurückflutete und sein Geräusch sich entfernte wie ein verklingender Refrain, stieg das Gestade vor mir und zeigte Furchen auf dem Sande, welche die Woge dort gebildet hatte. Damals vermochte ich das ganze Glück der Schöpfung und die ganze Freude, die Gott für den Menschen hineingelegt hat, zu fassen. Die Natur erschien mir schön wie eine vollkommene Harmonie, die man nur dem Irdischen entrückt vernehmen kann. Etwas Zartes wie Liebe und etwas Reines wie Gebet stieg aus der Tiefe des Horizontes und ließ sich aus den Himmeln auf die Spitzen der zerklüfteten Felsen nieder. Das Klingen des Ozeans und das Tageslicht verbanden sich zu etwas Köstlichem, das ich mir aneignete, als ein Stück vom Himmel. Ich fühlte mich glücklich und groß, wie der Adler, der die Sonne erblickt und in ihren Glanz emporsteigt.

Da schien mir alles auf Erden schön, ich sah nichts Unharmonisches und Häßliches mehr; ich liebte alles, selbst die Steine, die meinen Fuß ermüdeten, selbst den harten Fels, auf den ich mich mit meinen Händen stützte, und die fühllose Natur, die mich zu erhören und zu lieben schien. Damals dachte ich, wie süß es sein müsse, abends kniend fromme Lieder zu Füßen einer Madonna zu singen, die im Schein der Lampen strahlt, und die Jungfrau Maria zu lieben, die den Seeleuten in einem Winkel des Himmels erscheint, das süße Jesuskind auf dem Arme haltend.

Und das war dann alles; schnell erinnerte ich mich, daß ich lebte. Ich besann mich auf mich selbst, ich ging weiter und fühlte, wie der Fluch mich wieder erfaßte, wie ich wieder ins Dasein zurückgeworfen wurde. Das Leben war zurückgekehrt durch das Gefühl des Schmerzes, wie in erfrorene Glieder, und so wie ich ein außerordentliches Glück genossen, fiel ich jetzt in namenlose Entmutigung, und ich ging nach X....

Ich kam am Abend heim. Ich ging dieselben Wege zurück. Ich fand im Sande die Spur meiner Schritte und im Grase die Stelle, wo ich gelegen. Es schien mir, als hätte ich geträumt. Es gibt Tage, wo man zweimal dasselbe erlebt: das zweitemal ist es nur noch die Erinnerung vom ersten, und oft blieb ich auf dem Heimweg vor einem Gebüsch, einem Baume, an einer Stelle des Weges stehen, als ob sich da am Morgen irgendein Ereignis meines Lebens abgespielt hätte. Als ich zu Hause anlangte, war es fast Nacht. Man hatte die Türe geschlossen, und die Hunde fingen an zu bellen.

Die Gedanken von Wollust und Liebe, die mich mit fünfzehn Jahren bestürmt hatten, kehrten mit achtzehn zurück. Wenn ihr das Vorausgehende richtig verstanden habt, so müßt ihr wissen, daß ich in jenem Alter noch jungfräulich war und die Liebe noch nicht kannte. Für die Schönheit der Leidenschaften und ihren tönenden Widerhall liehen mir die Dichter den Gegenstand meiner Träumereien. Was die sinnliche Lust und die Wonnen des Leibes anlangt, nach denen es Jünglinge verlangt, so nährte ich im Herzen den unablässigen Wunsch danach durch jede Art willensmäßiger Erregung des Geistes. Ebenso wie die Verliebten sich sehnen, ihre Liebe zu erschöpfen, indem sie sich ihr beständig hingeben und durch ein Darandenken sich davon zu befreien suchen, ebenso glaubte ich, daß mein bloßer Gedanke schließlich selbst den Gegenstand zur Neige bringen und die Versuchung zunichte machen würde, dadurch, daß ich mich ihr hingab. Aber da ich immer zum Ausgangspunkt zurückkam, drehte ich mich in einem Kreise, aus dem kein Entkommen war. Vergeblich stieß ich mir bei dem Wunsche, mehr Raum zu gewinnen, den Kopf wund. Gewiß träumte ich des Nachts die schönsten Dinge, von denen man träumen kann; denn am Morgen war mein Herz voll Lächeln und wonniger Triebe. Das Erwachen betrübte mich, und ich erwartete mit Ungeduld die Rückkehr des Schlummers, damit er mir von neuem diese Schauer gäbe, an die ich den ganzen Tag dachte. Es hing ja nur von mir ab, sie sofort 65herbeizurufen, und ich empfand für sie eine Art von religiöser Scheu.

Damals fühlte ich recht den Dämon des Fleisches in allen meinen Gliedern hausen und durch mein Blut kreisen; und mitleidig sah ich auf die harmlose Zeit zurück, wo ich unter den Blicken der Frauen erschauerte, wo ich vor Gemälden oder Statuen vor Entzücken verging. Ich wollte leben, genießen, lieben. Wie an den ersten sonnigen Tagen die warmen Winde sommerliche Hitze mitführen, wenn auch noch keine grünenden Wiesen noch Blätter und Rosen da sind, so fühlte ich unbestimmt meine heiße Lebenszeit nahen. Was tun? Wen lieben? Von wem sich lieben lassen? Welche große Dame wird von euch wissen wollen? Welche überirdische Schönheit wird euch die Arme öffnen? Wer kennt all die traurigen Spaziergänge, die man allein die Flußufer entlang macht, und all die Seufzer, die man aus übervollem Herzen in heißen Nächten, wenn die Brust springen will, zu den Sternen emporschickt.

Liebesträume schließen alles ein. Sie enthalten die Unendlichkeit des Glücks, sind das Mysterium in der Freude. Mit welcher Glut verzehrt euch unser Blick, mit welcher Gewalt sprüht er auf euer Antlitz, ihr schönen, triumphierenden Frauen! Jede eurer Bewegungen atmet Anmut und Verdorbenheit. Das Rascheln eurer faltigen Gewänder erregt uns bis auf den Grund des Herzens, und es entströmt der Oberfläche eures ganzen Körpers etwas, das uns tötet und berückt.

Hinfort gab es für mich ein Wort, das mir schön erschien vor anderen Worten, das Wort: Sünde! Eine köstliche Süße umschwebt es unbestimmt, ein merkwürdiger Zauber umduftet es. Alle Geschichten, die man erzählt, alle Bücher, die man liest, alle Bewegungen, die man macht, sagen und sprechen ewig nur davon für das Herz des jungen Mannes. Er trinkt sich satt daran, er findet eine höchste Poesie darin, die mit Fluch und Wollust vermischt ist.

Besonders beim Nahen des Frühlings, wenn der Flieder zu blühen begann und die Vögel wieder im ersten Grün sangen, stand mein Herz nach Liebe. Es schmolz ganz in Sehnsucht. Es wollte sich in ein süßes und großes Gefühl verlieren und aus Licht und Duft neues Leben saugen. Jedes Jahr bringt mir noch für einige Stunden eine Jungfräulichkeit zurück, die mit den Knospen treibt; doch die Wonnen erblühen nicht wieder mit den Rosen, und in meinem Herzen grünt es nicht mehr als auf der Landstraße, wo der Sonnenbrand die Augen blendet und der Staub sich in Wirbeln hebt. Entschlossen, das, was folgt, zu erzählen, zittere und zögere ich doch in dem Augenblick, wo ich in diese Erinnerungen hinabsteige. Es ist, als sollte ich eine frühere Geliebte wiedersehen: beklommenen Herzens verweilt man auf jeder Stufe ihrer Treppe, man fürchtet, sie anzutreffen, und zittert, sie könne nicht zu Hause sein. Gerade so ist es mit gewissen Gedanken, mit denen man zuviel gelebt hat; man möchte sich ihrer für immer entledigen, und doch durchpulsen sie uns, wie das Leben selbst; das Herz atmet dort in seiner natürlichen Atmosphäre.

Ich habe gesagt, daß ich die Sonne liebte; noch unlängst hatte meine Seele an den Tagen, wo sie scheint, etwas von der Heiterkeit strahlender Horizonte und der Weite des Himmels. Es war also im Sommer ... ach, die Feder sträubt sich, das alles zu erzählen,... es war warm, ich ging ins Freie; niemand zu Hause hatte mein Fortgehen bemerkt. Auf den Straßen sah man wenig Menschen, das Pflaster war trocken; von Zeit zu Zeit drang ein warmer Hauch aus der Erde und stieg mir bis zum Kopfe; die Mauern der Häuser warfen die Glut zurück, der Schatten selbst schien glühender als das Licht. An den Straßenecken summten Fliegenschwärme im Sonnenglanz über Haufen von Unrat, wie große goldene Räder kreisend. In geraden Linien hob sich der Giebel der Dächer vom Blau des Himmels ab. Die Steine waren schwarz; kein Vogel umflog die Kirchtürme. Ich ging weiter, Ruhe suchend und einen Windhauch herbeiwünschend, etwas, das mich von der Erde fortnehmen und im Wirbel entführen konnte.

Ich verließ die Vorstadt. Ich befand mich hinter Gärten auf Wegen, die halb Straße, halb Pfad sind. Glänzende Lichter fielen hier und da durch das Laub der Bäume. In massigem Schatten standen ragende Gräser. Die spitzen Kiesel flimmerten, der Staub knirschte unter meinen Sohlen, die ganze Natur brannte. Schließlich verzog sich die Sonne. Eine schwere Wolke zeigte sich; als zöge ein Unwetter herauf. Die Qual, die ich bis dahin gefühlt, änderte ihr Wesen. Ich war nicht mehr so gereizt, sondern bedrückt. Ich fühlte mich nicht mehr zerrissen, sondern beklommen.

Ich legte mich der Länge nach mit dem Gesicht auf die Erde, dorthin, wo mir der meiste Schatten, die größte Ruhe und Dunkelheit zu sein schienen, an eine Stelle, die mich gut verbergen mußte; und ächzend vergrub ich mich da mit meinem wildverlangenden Herzen. Die Wolken waren schwer von Schwüle; sie lasteten auf mir und erdrückten mich wie ein Leib den andern. Ich fühlte den Drang der Wollust, der süßer war als der Duft der Waldrebe und brennender als die Sonne auf der Mauer der Gärten. Ach, warum konnte ich nicht etwas in meine Arme pressen, es mit meiner Glut ersticken oder mich selbst verdoppeln, dieses andere Wesen lieben und mich mit ihm vereinigen! Es war nicht mehr das Verlangen nach einem unbestimmten Ideal, noch die Begehrlichkeit eines schönen, zerstobenen Traumes – meine Leidenschaft flutete wie die übergetretenen Flüsse nach allen Seiten in wütenden Gießbächen über die Ufer, sie überschwemmte mein Herz und brauste darin mit schwindelerregendem Tosen wie die Ströme in den Bergen.

Ich ging am Ufer des Flusses entlang. Immer habe ich das Wasser geliebt und die sanfte Bewegung, mit der die Wellen einander treiben. Es war ruhig, weiße Wasserlinien zitterten in der glucksenden Strömung. Die Wogen trieben langsam und entfalteten sich eine nach der anderen. In der Mitte ließen die Baumgruppen der Inseln ihr Grün ins Wasser hängen, die Ufer schienen zu lächeln. Man hörte nur die Stimmen der Wellen.

An dieser Stelle ragten ein paar hohe Bäume auf. Die Kühle der Wassernähe und des Schattens erquickte mich. Ich fühlte, wie ich lächelte. Ebenso wie die in uns wohnende Muse aufhorcht und die süßen Töne einsaugt, wenn sie die Harmonie vernimmt, so weitete sich in mir etwas, um die allgemeine Wonne hineinzutrinken. Während ich die Wolken betrachtete, die am Himmel hinzogen, und den Samtteppich des Rasens am Ufer, der unter den Sonnenstrahlen gelb geworden war; während ich auf das Rauschen des Wassers und das Erschauern der Baumwipfel hörte, die trotz der Windstille zitterten – fühlte ich, erregt und doch ruhig, in meiner Einsamkeit mich unter dem Andrang dieser liebenden Natur vor Wollust vergehen, und ich rief nach Liebe! Meine Lippen bebten und suchten, als hätten sie den Atem eines anderen Mundes gespürt; meine Hände wollten etwas betasten, meine Blicke suchten in der Furche jeder Woge, in den Umrissen der geblähten Wolken irgendeine Form, eine Lust, eine Offenbarung. Der Wunsch drang aus allen meinen Poren, mein Herz war weich und von verhaltener Harmonie erfüllt. Ich schüttelte mein Haar, es koste mein Gesicht. Mit Wonne sog ich seinen Duft ein. Ich streckte mich auf das Moos unter die Bäume. Ich wünschte mir noch tiefere Sehnsüchte. Ich hätte unter Rosen ersticken, unter Küssen vergehen mögen. Ich sehnte mich, die Blume zu sein, die der Wind schüttelt, das Ufer, das der Fluß netzt, die Erde, die von der Sonne befruchtet wird.

Es ging sich sanft über das Gras. Ich schritt weiter, jeder Schritt brachte neue Lust, und meine Fußsohle berührte mit Wonne den weichen Rasen. Die Wiesen in der Ferne wimmelten von Tieren, von Pferden und Füllen. Der Horizont hallte wider von Gewieher und Galoppieren, das Gelände hob und senkte sich in sanften, weiten Wellen, die von den Hügeln herabkamen, der Fluß beschrieb seine Schlangenlinie, verschwand hinter den Inseln und tauchte schließlich zwischen Gras und Schilf wieder auf. Das war alles schön, schien glücklich, ging seinem Gesetz, seinem natürlichen Lauf nach. Ich allein war krank und siechte dahin, vor Sehnsucht verzehrt.

Ganz plötzlich raste ich davon, zur Stadt zurück. Ich kam über die Brücken. Ich ging durch die Straßen, über die Plätze. Die Frauen kamen an mir vorüber. Es waren ihrer viele; sie gingen schnell. Alle waren wunderbar schön. Niemals hatte ich ihnen so tief in die glänzenden Augen geschaut, noch so sehr ihren gazellenhaft leichten Gang bewundert. Herzoginnen lehnten sich auf ihren wappengeschmückten Wagenschlag und schienen mir zuzulächeln und mich zu Liebkosungen auf seidenen Kissen einzuladen. Über ihre Balkons beugten sich Damen, in Schals gehüllt, um mich zu sehen, und sie blickten mich bittend an: "Liebe uns! Liebe uns!" Aus ihrer aller Haltung, aus ihren Augen, sogar aus ihrer Regungslosigkeit sprach Liebe zu mir, das sah ich deutlich! Und dann traf man die Frauen überall, im Gedränge war man neben ihnen. Ich streifte sie, ich sog ihren Duft ein, die Luft war davon erfüllt. An ihrem Hals sah ich Schweißperlen zwischen den Schalenden, sah die Federn ihrer Hüte bei jedem Schritte nicken. Ihr Hacken hob den Rock beim Gehen vor mir. Wenn ich an einer vorüberging, zuckte ihre behandschuhte Hand. Weder diese noch jene wünschte ich mir, die eine nicht mehr als die andere, doch alle zusammen, doch jede, in der unendlichen Mannigfaltigkeit ihrer Formen und des entsprechenden Verlangens. Waren sie auch bekleidet, ich schmückte sie sogleich mit prächtiger Nacktheit, und so standen sie vor meinen Augen. Indem ich möglichst nahe an ihnen vorüberging, nahm ich, soviel ich konnte, wollüstige Vorstellungen mit, Düfte, liebeerregende Düfte, aufreizendes Rascheln und anziehende Formen.

Ich wußte wohl, wohin ich ging. Es war ein Haus in einer kleinen Straße, durch die ich oft gegangen, um mein Herz schlagen zu fühlen. Es hatte grüne Läden, man stieg drei Stufen empor. Ach, ich kannte das alles genau. Ich hatte es oft betrachtet, da ich häufig einen Umweg gemacht hatte, nur um die geschlossenen Fenster zu sehen. Schließlich kam ich nach einem Lauf, der mir eine Ewigkeit zu dauern schien, in die Straße. Ich glaubte zu ersticken. Niemand ging vorüber. Ich wagte mich weiter, weiter. Ich fühle noch die Berührung der Tür, die ich mit der Schulter aufstieß. Sie gab nach. Ich hatte gefürchtet, sie möchte fest in der Mauer sitzen; aber nein, sie drehte sich in ihren Angeln, sackte, ohne Geräusch.

Ich stieg die Stufen empor, auf der Treppe war es dunkel. Die Stiegen waren ausgetreten, sie schwankten unter meinen Tritten. Ich stieg immer höher. Man sah nichts; mir schwindelte. Ich hörte niemanden; mein Atem setzte aus. Endlich kam ich in ein Zimmer; es schien mir groß; das lag an seiner Dunkelheit. Die Fenster standen auf, doch große, gelbe, bis zur Erde reichende Vorhänge hielten das Tageslicht ab. Der Raum schwamm in blaßgoldigem Widerschein. Weiter hinten am rechten Fenster saß eine Frau. Sie mußte mich nicht gehört haben, denn sie wandte sich nicht um, als ich eintrat. Ich stand, ohne näher zu kommen, mit ihrem Anblick beschäftigt.

Sie trug ein weißes Kleid mit kurzen Ärmeln. Mit dem Ellenbogen stützte sie sich auf das Fensterbrett. Eine Hand lag am Munde; ihr Blick hing vage und unbestimmt draußen am Boden. Ihr schwarzes Haar lag glatt und geknotet an den Schlafen und glänzte wie die Schwinge eines Raben. Sie hielt den Kopf ein wenig vornüber geneigt. Im Nacken hatten sich ein paar Haare gelöst und kräuselten sich am Halse. Ihr großer gebogener Kamm war oben mit Korallen besetzt.

Sie stieß einen Schrei aus, als sie mich bemerkte, und sprang auf. Ich fühlte mich von dem glänzenden Blick ihrer Augen getroffen. Als ich, vom Gewicht dieser Blicke bedrückt, meine Stirn wieder zu heben vermochte, sah ich in ein Gesicht von wunderbarer Schönheit: eine gerade Linie lief, vom Scheitel beginnend, zwischen ihren großen geschweiften Augenbrauen hindurch auf ihre Adlernase, deren zitternde Flügel emporgezogen waren, wie man es auf antiken Kameen sieht, und teilte ihre sinnliche Lippe, die ein bläulicher Flaum beschattete. Dann kam der Hals, der volle, weiße, rundliche Hals. Durch ihr zartes Gewand sah man die Rundungen ihrer Brüste beim Atmen steigen und fallen. So stand sie mir gegenüber, in Sonnenlicht gehüllt, das durch den gelben Vorhang fiel und das weiße Kleid und den dunklen Kopf hob.

Schließlich fing sie an zu lächeln, fast mitleidig und sanft, und ich kam näher. Ich weiß nicht, womit sie ihr Haar parfümiert hatte, doch duftete sie wunderbar, und mein Herz war weicher und hingebender als ein Pfirsich, der auf der Zunge zerschmilzt. Sie sagte zu mir:

"Was möchten Sie denn? Kommen Sie!"

Und sie setzte sich auf ein langes Sofa, das mit grauem Stoff überzogen war und an der Wand stand. Ich nahm an ihrer Seite Platz, sie faßte meine Hand; die ihrige war heiß. So verharrten wir lange schweigend, einer den andern anschauend.

Niemals hatte ich eine Frau aus solcher Nähe gesehen; ihre ganze Schönheit drang auf mich ein, ihr Arm berührte den meinigen, die Falten ihres Gewandes fielen über meine Knie, die Wärme ihrer Hüften setzte mich in Flammen. Ich fühlte bei dieser Berührung ihre wogenden Körperformen, ich betrachtete die Rundung ihrer Schulter und die blauen Adern ihrer Schläfen. Sie sagte:

"Nun?"

"Nun?" erwiderte ich vergnügt, den Zauber gewaltsam abschüttelnd, der mich einschläferte.

Doch weiter kam ich nicht, ich war ganz damit beschäftigt, sie mit Blicken zu verzehren. Schweigend legte sie einen Arm um mich und zog mich in stummer Umschlingung an sich. Da schlang ich meine beiden Arme um sie und preßte meinen Mund auf ihre Schulter. Ich trank wonnevoll den ersten Kuß der Liebe. Ich trank darin die lange Sehnsucht meiner Jugend und die verwirklichte Wollust aller meiner Träume, und dann warf ich den Kopf zurück, um ihr Gesicht besser zu sehen. Ihre Augen leuchteten, sie setzten mich in Flammen. Ihr Blick faßte mich fester als ihr Arm. Ich war in ihre Augen versunken, und unsere Finger verstrickten sich ineinander; die ihrigen waren lang und zart, sie spielten in meiner Hand mit lebhaften, bebenden Bewegungen; mit geringer Anstrengung hätte ich sie zerbrechen können; ich drückte sie in dem Wunsche, sie besser zu fühlen.

Ich erinnere mich jetzt nicht mehr genau, was sie mir sagte und was ich ihr antwortete. Lange verharrte ich so, versunken, schwebend, gewiegt in dem Klopfen meines Herzens. Mit jeder Minute wuchs mein Taumel, in jedem Augenblick fluteten neue Ströme in meine Seele. Mein ganzer Leib erschauerte vor Ungeduld, vor Verlangen, vor Lust. Und doch war ich schwer gestimmt, eher düster als froh, ernst, in etwas Göttlichem und Höchstem vergehend. Sie drückte mit der Hand meinen Kopf an ihr Herz, aber zart, als wenn sie gefürchtet hätte, ihn an ihrer Brust zu zerbrechen.

Mit einer Bewegung der Schulter schlüpfte sie aus dem Ärmel. Ihr Kleid ging auf; sie trug kein Korsett; ihr Hemd stand offen. Ein prächtiger Busen wurde sichtbar, an dem man in Liebe hätte vergehen mögen. In kindlicher, träumerischer Haltung saß sie auf meinen Knien. Ihr schönes Profil zeichnete sich in reinen Linien ab. Unter der Achsel bildete die Haut eine Falte von wundervollem Schwung, die wie das Lächeln der Schulter war. Ihr weißer Rücken war leicht gekrümmt, als sei sie müde, und ihr herabgesunkenes Kleid fiel in weiten Falten auf den Boden. Sie blickte zum Himmel und summte eine traurige, sehnsuchtsvolle Melodie durch die Zähne.

Ich faßte ihren Kamm und zog ihn heraus. Ihre Haare umflossen sie wie eine Woge, und die langen, schwarzen Strähne fielen zitternd auf ihre Hüften. Ich fuhr mit der Hand zuerst darüber, dann hinein, darunter. Ich tauchte meine Arme hinein, ich badete mein Gesicht darin, ich wollte vergehen. Zuweilen belustigte ich mich damit, sie hinten zu teilen und nach vorn zu legen, sodaß ihre Brüste davon verhüllt waren; dann wieder faßte ich sie wie ein Netz zusammen und zog daran, um ihren nach hinten geneigten Kopf und den zarten vorgestreckten Hals zu sehen. Sie ließ es geschehen wie eine Tote.

Plötzlich machte sie sich von mir frei, zog die Füße aus dem Kleide und sprang mit der Behendigkeit einer Katze auf das Bett. Die Matratze sank unter ihren Füßen ein, das Bett krachte, sie zog mit brüsker Bewegung die Vorhänge zurück und legte sich nieder. Sie streckte ihre Arme nach mir aus und umfaßte mich. Oh, selbst die Laken schienen noch warm von den Liebkosungen, die dort ausgetauscht waren.

Ihre sanfte feuchte Hand betastete meinen Leib. Sie gab mir Küsse auf das Gesicht, auf den Mund, auf die Augen. Jede einzelne ihrer hervorstürzenden Liebkosungen nahm mir die Besinnung. Sie streckte sich auf dem

Rücken aus und seufzte. Bald schloß sie die Augen halb und blickte mich mit wollüstiger Ironie an, dann wieder stützte sie sich auf den Arm, drehte sich herum, streckte die Füße empor und war voll bezaubernder Schäkereien, raffinierter und unverdorbener Bewegungen. Schließlich gab sie sich mir hin, sah empor und stieß einen tiefen Seufzer aus, der durch ihren ganzen Leib ging ... Ihr warmes, zitterndes Fleisch breitete sich erschauernd unter mir. Von Kopf zu Füßen fühlte ich mich vonWollust umfangen. Ich preßte meinen Mund auf den ihrigen. Unsere Finger waren ineinander verschlungen, im selben Beben zuckend, in einer Verstrickung verschränkt. Während ich den Duft ihres Haares und den Hauch ihrer Lippen einsog, fühlte ich mich vor Wonne vergehen. Einige Zeit verharrte ich noch gespannt, das Klopfen meines Herzens und das letzte Zittern meiner Nerven genießend; dann schien alles zu erlöschen und zu versinken.

Doch sie, sie sagte ebenfalls nichts. Sie lag unbeweglich wie eine Bildsäule aus Fleisch. Ihr schwarzes, reiches Haar umrahmte ihr bleiches Gesicht, und ihre gelösten Arme ruhten lässig ausgestreckt. Von Zeit zu Zeit lief ein krampfhaftes Zucken über ihre Knie und Hüften. Auf ihrer Brust brannte an der Stelle meiner Küsse ein roter Fleck. Ein heiserer, kläglicher Ton kam aus ihrer Kehle; wie wenn jemand einschläft, nachdem er lange geweint und geschluchzt hat. Plötzlich hörte ich sie dies vor sich hinsagen: "Wenn du im Taumel der Sinne Mutter würdest!" Und was dann noch folgte, weiß ich nicht mehr. Sie schlug die Beine übereinander und wiegte sich von der einen Seite auf die andere, als wenn sie in einer Hängematte gelegen hätte.

Spielend fuhr sie mir mit der Hand durchs Haar, als wäre ich ein Knabe gewesen, und fragte mich, ob ich schon eine Geliebte gehabt. Ich antwortete bejahend, und da sie mich weiter fragte, erzählte ich, sie sei schön und verheiratet. Sie tat noch andere Fragen, nach meinem Namen, meinem leben, meiner Familie.

"Und du," sagte ich, "hast du geliebt?"

"Geliebt? Nein!"

Und sie lachte gezwungen auf, was mich aus der Fassung brachte.

Sie fragte mich noch, ob meine Geliebte wirklich schön sei, und nach einer Weile fuhr sie fort:

"Ach, wie sie dich lieben muß! Sage mir deinen Namen, ach, deinen Namen."

Ich wiederum wollte den ihrigen wissen.

"Marie," antwortete sie, "doch ich hatte noch einen anderen, zu Hause nannte man mich nicht so." Und weiter geht meine Erinnerung nicht. Alles das ist vergangen und schon so lange her. Indessen steht manches noch vor mir, als hätte ich es gestern gesehen, zum Beispiel ihr Zimmer: ich sehe noch den Teppich vor dem Bett, der in der Mitte abgetreten war, das Bett aus Mahagoniholz mit Verzierungen von Kupfer und die Vorhänge aus roter Moiréseide; sie knisterten bei jeder Berührung; ihre Fransen waren verschlissen. Auf dem Kamin standen zwei Vasen mit künstlichen Blumen. In der Mitte die Stutzuhr, deren Zifferblatt zwischen vier Alabastersäulen saß. Hier und dort hingen alte Stiche in Rahmen von schwarzem Holz an den Wänden; sie stellten Frauen im Bade, Winzer oder Fischer dar.

Und sie! Sie! Manchmal kommt mir die Erinnerung an sie so lebhaft, so deutlich zurück, daß alle Einzelheiten ihres Gesichtes mir wieder erscheinen mit jener wunderbaren Treue des Gedächtnisses, die wir nur aus Träumen kennen, wenn wir unsere alten, längst verstorbenen Freunde in denselben Kleidern und mit demselben Ton der Stimme wiederfinden und darüber erschrecken. Ich erinnere mich, daß sie auf der linken Seite der Unterlippe ein Korn hatte, das beim Lächeln in einer Falte der Haut lag. Sie hatte keine Frische mehr, und ihre Mundwinkel zogen sich bitter und müde zusammen.

Als ich mich anschickte, fortzugehen, sagte sie mir Lebewohl.

"Lebe wohl!"

"Wird man sich wiedersehen?"

"Vielleicht!"

Und ich verließ das Haus. Die Luft belebte mich. Ich kam mir ganz verwandelt vor. Es schien mir, als müsse man auf meinem Gesichte lesen, daß ich nicht mehr derselbe Mensch war. Ich ging leicht, stolz, zufrieden, frei dahin. Ich hatte nichts mehr zu lernen, nichts mehr zu erfahren, nichts mehr zu wünschen im Leben. Ich kam heim. Eine Ewigkeit war verstrichen, seit ich fortgegangen. Ich stieg in mein Zimmer und setzte mich auf mein Bett, von dem ganzen Tag ermüdet, der mit unglaublicher Schwere auf mir lastete. Es war vielleicht sieben Uhr abends. Die Sonne sank, der Himmel stand in Feuer, ein tiefroter Horizont flammte über den Dächern der Häuser. Der Garten, schon im Dämmer liegend, war voll von Melancholie. Gelbe und orangefarbene Kreise tanzten an den Mauerecken, sanken und stiegen im Gebüsch; die Erde lag trocken und grau. Auf der Straße zogen ein paar Leute aus dem Volke am Arme ihrer Frauen singend vorüber und gingen den Stadttoren zu.

Ich dachte immer wieder an das, was geschehen war, und eine unsagbare Traurigkeit erfaßte mich. Ich war voll Widerwillen, ich war gesättigt, ich war müde. "Aber heute morgen noch war das anders," sagte ich mir, "ich war frischer, glücklicher, woran liegt das?" Und im Geiste ging ich wieder durch all die Straßen, die ich betreten hatte; ich sah die Frauen wieder, die ich getroffen, alle Pfade, die ich zurückgelegt. Ich kehrte zu Marie zurück, und ich verweilte bei jeder Kleinigkeit, die mir die Erinnerung bot. Ich preßte mein Gedächtnis aus zu einem möglichst reichen Ertrag. Der ganzeAbend ging damit bin. Die Nacht kam, und wie ein Greis blieb ich an diese bezaubernden Gedanken gefesselt. Ich fühlte, daß ich nichts wieder davon erleben würde; daß andere Abenteuer sich einstellen könnten, doch daß sie jenem nicht ähneln würden. Dieser erste Duft war genossen, dieser Klang war verflogen, ich wünschte mir mein Verlangen wieder und ersehnte meine Lust zurück. Wenn ich mein vergangenes und mein gegenwärtiges Dasein überschaute, ich meine das Harren der verflossenen Tage und die Mattigkeit, die auf mir lastete, dann wußte ich nicht mehr, wie mein Inneres sich zu meinem Leben verhielt, ob ich träumte oder handelte, ob ich voll Überdruß oder Verlangen war, denn ich empfand zugleich den Ekel der Übersättigung und die brennende Begierde hoffnungsvoller Erwartung.

Die Liebe war also weiter nichts als das! Ein Weib war weiter nichts! Warum, mein Gott, haben wir noch Hunger, wenn wir uns satt gegessen?

Wozu so viel Sehnsucht und so viel Enttäuschung? Warum ist das Herz des Menschen so weit und das leben so eng? Es gibt Tage, wo selbst die Liebe der Engel ihm nicht genügen würde, und nach einer Stunde ist es aller Liebkosungen der Erde müde.

Doch die entschwundene Illusion läßt ihren Feenduft zurück, und wir suchen ihre Spur auf allen Pfaden, über die sie geflohen ist. Man gefällt sich in dem Gedanken, daß alles noch nicht so bald vorbei sei, daß das Leben erst anfange und eine Welt sich vor uns auftue. Soll man in der Tat so viel glänzende Träume und so viel glühende Wünsche verschwendet haben, um hier zu enden? Nun wollte ich auf all die schönen Dinge, die ich mir erdichtet, nicht verzichten. Ich hatte mir nach Verlust meiner Unschuld andere, weniger bestimmte, doch schönere Gestalten geschaffen, andere Wonnen, die nicht so deutlich waren als mein bis dahin empfundenes Verlangen, doch himmlisch und grenzenlos. Mit den Phantasiegebilden, mit denen ich mich unlängst umgeben und die ich wieder wachzurufen suchte, verband sich die intensive Erinnerung an meine jüngsten Erfahrungen. Und während alles, Phantom und Körper, Traum und Wirklichkeit, ineinander verschmolz, wurde die Frau, die ich eben verlassen, ein Symbol, in dem alles Vergangene zusammenfloß und von dem alles Künftige ausging. Ich dachte in der Einsamkeit an sie, betrachtete sie von allen Seiten, um noch etwas Neues an ihr zu entdecken, etwas, das mir beim ersten Male entgangen und noch unerforscht war. Die Lust, sie wieder zu sehen, faßte mich, nahm von mir Besitz, es war wie ein Verhängnis, das mich fortriß, wie ein Abhang, den ich heruntferglitt.

Oh, die herrliche Nacht! Es war warm; ich kam in Schweiß gebadet vor ihrer Tür an. Ihr Fenster war erleuchtet. Gewiß wachte sie. Ich blieb stehen, hatte Furcht. Ich harrte lange unschlüssig, was ich tun solle, voll von tausend unbestimmten Ängsten. Noch einmal trat ich ein; zum zweiten Male glitt meine Hand über das Geländer ihrer Treppe und drehte den Schlüssel im Schloß.

Sie war allein wie an jenem Morgen. Sie saß an demselben Platze, fast in derselben Haltung, doch trug sie ein anderes Kleid. Dieses war schwarz; der Spitzenbesatz oben am Ausschnitt zitterte auf ihrer weißen Brust; ihre

Haut strahlte, ihr Gesicht hatte eine unzüchtige Blässe, wie Kerzen sie geben. Ihr Mund war halb geöffnet. Ihr Haar hing lose auf die Schultern herab. Ihre Augen waren zum Himmel gehoben. So schien sie mit dem Blick einem entschwundenen Stern nachzuhängen.

Hurtig sprang sie mit einem fröhlichen Satz auf mich zu und schloß mich in die Arme. Da hielten wir uns bebend umschlungen wie Liebende beim nächtlichen Stelldichein, wenn sie lange ihr Auge in die Finsternis gebohrt, auf jedes Rascheln des Laubes gehört, jede unbestimmte, durch die Lichtung kommende Gestalt erspäht haben und endlich einander treffen und sich umarmen können.

Sie sagte mit hastiger und zugleich sanfter Stimme:

"Ach, du liebst mich also, da du wiederkommst? Sag, o sag, mein Herz, liebst du mich?"

Ihre Worte hatten einen klaren, weichen Klang wie die höchsten Töne der Flöte. Halb auf den Knien kauernd und mich in ihren Armen haltend, schaute sie mich in düsterer Trunkenheit an. Mochte ich auch noch so erstaunt über diese so plötzlich hervorbrechende Leidenschaft sein, so war ich doch entzückt und stolz darauf.

Ihr Atlaskleid knisterte unter meiner Berührung wie sprühende Funken. Zuweilen fühlte ich die warmen, zarten, nackten Arme durch den weichen Stoff hindurch. Ihr Kleid schien ein Teil von ihr zu sein. Es strömte die Verführungskraft der üppigsten Nacktheit aus. Sie wollte sich durchaus auf meine Knie setzen, und sie fing mit ihrer gewöhnlichen Liebkosung an, die darin bestand, mir mit der Hand durchs Haar zu fahren, während sie mich starr ansah. Ihr Gesicht befand sich dem meinen gegenüber, ihre Augen sprühten in die meinen. In dieser regungslosen Haltung schien sich ihre Pupille zu weiten. Ein Strom entquoll ihr, den ich in mein Herz dringen fühlte. Jede Welle dieses starrenden Blicks, die den ununterbrochenen Kreisen des Fischadlers glich, brachte mich mehr und mehr unter diesen schrecklichen Zauber.

"Ach, so liebst du mich denn," fuhr sie fort, "so liebst du mich denn, da du ja wieder bei mir bist, da du meinetwegen zurückkehrst! Aber was ist dir? Du sagst nichts, du bist traurig! Magst du mich nicht mehr?"

Sie machte eine Pause und fuhr dann fort:

"Wie schön du bist, mein Engel! Du bist schön wie der Tag! Küsse mich doch, liebe mich! Einen Kuß, einen Kuß, schnell!"

Sie hing an meinem Munde, und während sie wie eine Taube girrte, schwoll ihre Brust unter dem sehnenden Seufzer, der daraus hervordrang.

"Ach, aber für die Nacht, nicht wahr, für die Nacht bist du gekommen; die ganze Nacht soll uns beiden gehören! Ich möchte einen Geliebten haben wie dich, einen jungen, frischen Geliebten, der mich glühend liebte, der nur an mich dächte! Ach, wie würde ich ihn lieben!"

Und sie erregte meinen Wunsch in einer Weise, daß mir die Gottheit vom Himmel herabzusteigen schien.

"Aber hast du denn keinen?" fragte ich.

"Wer? Ich? Liebt man uns denn, uns? Denkt man an uns? Wer will von uns wissen? Wirst selbst du morgen noch an mich denken? Vielleicht wirst du dir morgen sagen: ›Ei, ja, gestern habe ich bei einem Mädchen geschlafen, doch brr, la la la‹" (und sie fing mit unzüchtigen Bewegungen an zu tanzen, die Fäuste in die Taille gestemmt), "ich tanze nämlich gut! Halt, betrachte mein Kostüm."

Sie öffnete ihren Kleiderschrank, und ich sah in einem Fach eine schwarze Maske und blaue Bänder mit einem Domino; an einem Nagel hing eine Hose aus schwarzem Samt mit Goldlitzen, zerknitterte Reste vom letzten Karneval.

"Mein armes Kostüm," sagte sie, "wie oft bin ich darin zu Ball gegangen! Ja, ich habe diesen Winter tüchtig getanzt!"

Das Fenster stand offen und das Kerzenlicht zitterte im Winde. Sie nahm den Leuchter vom Kamin und stellte ihn auf das Nachttischchen. Am Bett angekommen, setzte sie sich darauf und verfiel in tiefes Sinnen, während ihr Kopf auf die Brust sank. Ich sagte ebenfalls nichts; ich wartete.

Der warme Hauch der Augustnacht stieg bis zu uns empor. Wir hörten von hier das Rauschen der Bäume auf den Boulevards. Der Vorhang des Fensters schwankte. Die ganze Nacht hindurch gewitterte es; oft sah ich im Scheine der Blitze ihr bleiches Gesicht, das sich in einem Ausdruck leidenschaftlicher Trauer zusammenkrampfte. Die Wolken zogen schnell, dann und wann blickte der halbversteckte Mond aus einem klaren Winkel des Himmels herab, von düsterem Gewölk umgeben.

Sie kleidete sich langsam aus, mit regelmäßigen, automatischen Bewegungen. Als sie im Hemde war, kam sie barfuß über den Boden zu mir gelaufen, faßte meine Hand und führte mich zum Bett. Sie sah mich nicht an, ihre Gedanken waren fern. Ihre Lippe schimmerte rosig und feucht. Ihre Nasenflügel blähten sich, das Auge glühte, und sie schien noch unter der Fülle der Gedanken zu vibrieren, wie ein klingendes Instrument noch einen heimlichen Hauch entschlafener Töne von sich gibt, wenn der Künstler es schon verlassen.

Erst als sie neben mir lag, breitete sie mit dem Stolz der Kurtisane allen Glanz ihres Leibes vor mir aus. Ich hatte ihre feste und stets wie von Gewittermurmeln geschwellte Brust nackend vor mir. Ich sah ihren perlmutterglänzenden Leib mit dem tiefen Nabel, ihren elastischen, zuckenden Leib. Er war weich, daß man Lust bekam, seinen Kopf darin einzuwühlen, wie auf einem Kissen von warmem Atlas. Sie hatte prachtvolle Hüften, wahre Frauenhüften; von rundlichen Schenkeln fortgesetzt, erinnerten mich ihre Linien an irgendwelche geschmeidige und lasterhafte Formen von Schlangen oder Dämonen. Der Schweiß, der auf ihrer Haut perlte, machte sie frisch und klebrig. Ihre Augen blitzten furchtbar durch die Nacht, und das Bernsteinarmband an ihrem rechten Arme klang, wenn sie an das Tafelwerk des Alkovens kam. In jener Stunde sagte sie zu mir, während sie meinen Kopf an ihr Herz gedrückt hielt:

"Engel der Liebe, der Wonne, der Lust, woher kommst du? Wo weilt deine Mutter? Woran dachte sie, als sie dich empfing? Träumte sie von der Kraft afrikanischer Löwen oder von dem Duft jener fernen Bäume, der so stark ist, daß man stirbt, wenn man ihn einatmet? Du antwortest nicht; sieh mich mit deinen großen Augen an, sieh mich an, sieh mich an! Deinen Mund! Deinen Mund! Da, da hast du meinen!"

Und dann schlugen ihre Zähne wie bei großem Frost aufeinander, und ihre geöffneten Lippen zitterten und sprachen närrische Worte in die Luft!

"Oh, ich würde eifersüchtig sein, siehst du, wenn wir uns liebten, eine Frau sollte dich nur ansehen..."

Und ihr Satz endigte in einem Schrei. Dann wieder hielt sie mich mit starren Armen fest und sagte ganz leise, sie werde sterben.

"Ach, wie schön ist ein Mann, wenn er jung ist! Wenn ich Mann wär, würden mich alle Frauen lieben, so verführerisch würden meine Augen glänzen! Ich würde so gut angezogen, so hübsch sein! Deine Geliebte liebt dich, nicht wahr? Ich möchte sie kennen. Wo trefft ihr euch? Bei dir oder bei ihr? Vielleicht auf der Promenade, wenn du vorüberreitest? Du mußt gut aussehen zu Pferde! Im Theater beim Fortgehen, wenn man ihr den Mantel reicht? Oder in der Nacht in ihrem Garten? Die schönen Stunden, die ihr im Geplauder in der Laube verbringen müßt!"

Ich ließ sie reden, und mir schien, als gäbe sie mir mit diesen Worten eine Geliebte, und ich liebte dieses Phantom, das sich eben in meinen Geist einnistete und flüchtiger darin glänzte als ein Irrlicht am Abend im Gelände.

"Kennt ihr euch schon lange? Erzähl' mir ein wenig davon. Was sagst du ihr, um ihr zu gefallen? Ist sie groß oder klein? Singt sie?"

Schließlich mußte ich ihr sagen, daß sie sich täuschte. Ich erzählte ihr sogar von meiner Bangigkeit, sie wieder aufzusuchen, von den Skrupeln, oder besser der sonderbaren Furcht, die ich dann gehabt, und von der plötzlichen Anwandlung, die mich zu ihr getrieben. Als ich ihr gestanden, daß ich niemals eine Freundin gehabt, daß ich überall danach gesucht, lange davon geträumt hatte, und daß sie die erste war, die meine Zärtlichkeit empfangen, näherte sie sich mir mit Staunen und faßte meinen Arm, als wäre ich ein Trugbild gewesen, das sie hätte greifen wollen.

"Wirklich?" sagte sie, "oh, belüge mich nicht. Du bist also jungfräulich und ich habe dir deine Unschuld genommen, armer Engel? Deine Küsse hatten wirklich etwas Unverdorbenes, wie es nur Kinder haben können, wenn sie lieben. Aber du machst mich staunen, du bist entzückend. Je länger ich dich ansehe, desto mehr liebe ich dich. Deine Wange ist zart wie ein Pfirsich, deine Haut ist wirklich ganz weiß, dein schönes Haar ist stark und dicht. Oh, wie würde ich dich lieben, wenn du wolltest! Denn nur dich habe ich so gesehen. Man könnte glauben, daß du mich gütig anblickst, und doch versengen mich deine Augen. Immerfort zieht es mich zu dir, dich an mein Herz zu pressen."

Es waren die ersten Liebesworte, die ich in meinem Leben hörte. Woher sie auch kommen, unser Herz empfängt sie mit einem Beben des Glücks. Erinnert euch dessen! Ich trank sie mit Wonne in mich! Ach, wie eilig ich es hatte, mich in meinen Himmel zu schwingen.

"Ja, ja, herze mich tüchtig, herze mich tüchtig! Deine Küsse verjüngen mich," sagte sie, "ich liebe deinen Duft wie den meines Geißblatts im Monat Juni, er ist erfrischend und süß zugleich. Sieh, deine Zähne sind weißer als die meinigen, ich bin nicht so schön wie du ... Ach, welche Wonne!"

Und sie preßte ihren Mund auf meinen Hals, mit gierigen Küssen wühlend, wie ein Raubtier am Bauch seines Opfers.

"Was ist mir denn heute abend? Du hast mir Feuer ins Blut gegossen, ich möchte trinken, tanzen, singen. Wärst du nicht manchmal gern ein kleiner Vogel? Wir flögen zusammen dahin, es müßte süß sein, in der Luft zu lieben; der Wind triebe uns, die Wolken hüllten uns ein ... Nein, sei still, daß ich dich anschaue, dich lange anschaue, um dich immer im Gedächtnis zu behalten!"

"Wozu das?"

"Wozu das?" erwiderte sie. "Aber um mich deiner zu erinnern, um an dich zu denken. Ich werde an dich denken in der Nacht, wenn ich nicht schlafen kann, am Morgen, wenn ich erwache, ich werde an dich den ganzen Tag denken, wenn ich im Fenster liege, um die Vorübergehenden zu sehen, aber besonders des Abends, wenn es dunkelt und die Lichter noch nicht brennen. Ich werde mir dein Gesicht zurückrufen, deinen Körper, deinen schönen Körper, der Wollust atmet, und deine Stimme! Ach, höre, mein Geliebter, laß mich von deinen Haaren nehmen, ich werde sie in diesem Armband tragen; sie sollen mich niemals verlassen."

Sie erhob sich sogleich, holte ihre Schere und schnitt mir einen Strang im Nacken ab. Es war eine kleine, spitze Schere, die beim Auf- und Zugehen knirschte. Ich fühle noch die Kälte des Stahls im Nacken und Mariens Hand.

Das Verschenken und Austauschen von Haaren gehört zum Schönsten, was es für Liebende gibt. Wie viele schöne Hände haben, seit Liebesnächte herabgesunken sind, durch Balkongitter Strähne schwarzen Haares gereicht! Fort mit den achtfach geflochtenen Uhrketten, den Ringen, in die sie eingeklebt sind, den Medaillons, die sie in Kleeblattform zeigen, fort mit all dem Haar, das die beflissene Hand des Friseurs geschändet hat. Ich will die Strähne ganz allein und nur an beiden Enden mit einem Faden zusammengehalten, damit nichts davon verloren geht. Man hat sie eigenhändig vom geliebten Haupte abgeschnitten, in einem höchsten Augenblicke, in der Glut einer ersten Liebe, am Abend vor der Abreise! Frauenhaar! Prächtiger Mantel des Weibes in den Urzeiten, als es noch bis auf die Fersen herabhing und die Arme verhüllte, als damals die Frau mit dem Manne die Ufer der großen Ströme entlangschritt und der erste Lufthauch der Schöpfung mit den Wipfeln der Palmen und der Mähne der Löwen zugleich das Haar der Frauen bewegte! Ich liebe das Haar! Wie oft habe ich auf Friedhöfen, die umgegraben wurden, oder in alten Kirchen, die man abriß, das Haar betrachtet, das in der aufgewühlten Erde neben gelben Knocken und Stücken vermoderten Holzes erschien! Zuweilen warf die Sonne einen fahlen Glanz darüber, und ließ es wie eine Goldader erglänzen. Ich versetzte mich gern in die Tage zurück, wo eine nun längst verheerte Hand über dieses Haar hinfuhr und es über die Kissen breitete; als noch alles zusammen auf einer weißen Kopfhaut saß und mit duftender Flüssigkeit gesalbt war, als ein jetzt zahnloser Mund Küsse hineindrückte und die Spitzen unter wonnigem Schluchzen abbiß.

Ich ließ mir die Haare in einem Gefühl dummer Eitelkeit abschneiden. Ich erbat mir nicht einmal welche von ihr, und heute, wo ich nichts besitze, keinen Handschuh, keinen Gürtel, nicht einmal drei vertrocknete, im Buche gepreßte Rosenblätter, nichts als die Erinnerung an die Liebe einer öffentlichen Dirne, heute gräme ich mich danach.

Als sie damit fertig war, legte sie sich wieder an meine Seite. Sie kam, vor Wollust erschauernd, in die Laken zurück; sie zitterte und machte sich auf mir klein wie ein Kind; schließlich schlief sie ein, den Kopf an meine Brust gelehnt.

Jedesmal, wenn ich Atem holte, fühlte ich, wie das Gewicht dieses schlummernden Kopfes sich auf meiner Brust hob. In welcher vertrauten Vereinigung befand ich mich doch mit diesem unbekannten Wesen! Der Zufall hatte uns zusammengeführt, zwei bis zu diesem Tage einander fremde Menschen. Wir teilten dasselbe Lager, auf dem uns eine unbekannte Kraft zusammenschmiedete. Wir würden einander verlassen und nicht mehr wiedersehen. Die Atome, die in der Luft wirbeln und fliegen, verweilen länger beieinander als die Herzen, die sich lieben. Gewiß steigen des Nachts einsame Wünsche auf, und die Träumenden suchen einander. Dieser seufzt vielleicht nach einer unbekannten Seele, die sich auf einer anderen Halbkugel unter einem andern Himmel nach ihm sehnt.

Welche Träume zogen jetzt durch dieses Haupt? Dachte sie an ihre Familie, an ihren ersten Geliebten, an die Welt, an die Menschen, an ein reiches, in Üppigkeit schwelgendes Leben, an eine heißersehnte Liebe? An mich vielleicht! Mein Auge starrte auf ihre blasse Stirn. Ich belauerte ihren Schlaf und suchte mir den heiseren Ton zu deuten, der aus ihrer Kehle kam.

Es regnete. Ich horchte auf das Geräusch der fallenden Tropfen und auf Mariens Schlaf. Die Lichter, die am Verlöschen waren, knisterten in den kristallenen Leuchtereinsätzen. Der Morgen dämmerte, ein gelber Streifen reckte sich am Himmel, wuchs in wagerechter Richtung und erfüllte, mehr und mehr in goldige und weinrote Färbungen übergehend, das Zimmer mit einem schwachen weißlichen, mit Violett untermischten Licht, das noch mit der Nacht und dem Schimmer der erlöschenden Kerzen spielte, die der Spiegel zurückwarf. Marie, auf mir ruhend, lag mit einem Teil ihres Körpers im Lichte, mit dem andern im Schatten. Sie hatte ihre Haltung etwas geändert; ihr Kopf lag niedriger als ihre Brust; der rechte Arm, der Arm mit dem Reifen, hing aus dem Bett heraus und berührte fast den Fußboden. Auf dem Nachttischchen stand ein Veilchenbukett. Ich langte danach und nahm es. Ich biß den Faden mit den Zähnen durch und sog den Duft ein. Sie waren von der Hitze des gestrigen Tages oder, weil sie schon länger gepflückt, welk geworden. Ich fand, daß sie einen köstlichen und ganz besonderen Duft hatten, ich roch an einer Blume nach der anderen. Da sie feucht waren, legte ich sie zur Kühlung auf meine Augen; denn mein Blut kochte, und meine ermatteten Glieder brannten bei der Berührung mit den Laken. Da, unschlüssig, was ich tun sollte, und nicht gewillt, sie aufzuwecken, denn ich empfand ein seltsames Vergnügen, sie schlafen zu sehen, legte ich sanft alle Veilchen auf Mariens Busen. Bald war sie ganz damit bedeckt, und die süßen verwelkten Blumen, unter denen sie schlief, versinnbildlichten sie mir. Denn gleich ihnen strömte sie trotz der entschwundenen Frische oder vielleicht gerade deshalb einen herberen und aufreizenderen Duft aus. Das Unglück, das sie heimgesucht, hatte sie mit seinem Kummer verschönt, den ihr Mund noch im Schlafe aufwies. Ebenso verschönten sie zwei Falten hinten am Halse, die sie am Tage sicherlich unter ihrem Haar verbarg. Vor dieser Frau, die im Sinnenrausch so traurig blieb und deren Umarmungen noch eine trauerschwere Freude aushauchten, ahnte ich tausend schreckliche Leidenschaften, die sie wie Blitze hatten furchen müssen, und deren Spuren man noch sah. Und dann mußte es mir Vergnügen machen, die Geschichte ihres Lebens zu hören, mir, der ich am menschlichen Dasein den zitternden Atem der Leidenschaft liebte, die Welt der großen Passionen und schönen Tränen.

In diesem Augenblick erwachte sie. Die Veilchen fielen alle herab, sie lächelte mit halb geschlossenen Augen, während sie zugleich ihre Arme um meinen Hals schlang und mich mit einem langen Morgenkuß umfing, dem Kuß der erwachenden Taube.

Als ich sie bat, mir ihre Geschichte zu erzählen, begann sie:

"Dir kann ich alles sagen. Andere würden lügen und damit anfangen, daß sie nicht immer gewesen, was sie jetzt sind, sie würden dir über ihre Familie und ihre Liebschaften Märchen erzählen. Aber ich will dich nicht belügen und mich nicht für eine Prinzessin ausgeben. Höre denn, du wirst sehen, ob ich glücklich gewesen bin! Weißt du, daß ich oft Lust hatte, mich zu töten? Einmal kam man zu mir ins Zimmer, da war ich schon halb erstickt. Ach, wenn ich keine Angst vor der Hölle hätte, wäre es schon lange geschehen. Ich habe auch Furcht vor dem Sterben, es schaudert mich, diesen Augenblick durchzumachen, und doch möchte ich gern tot sein!

Ich bin vom Lande, unser Vater war Pächter. Bis zu meiner ersten Kommunion mußte ich jeden Morgen die Kühe auf den Feldern hüten. Den ganzen Tag über war ich allein. Ich setzte mich an den Rand des Grabens, um zu schlafen, oder ich ging in den Wald, um Nester auszunehmen. Ich kletterte wie ein Junge auf die Bäume; meine Kleider waren immer zerrissen. Oft bekam ich Schläge, weil ich Äpfel gestohlen oder das Vieh zu den Nachbarn hatte laufen lassen. War die Ernte da und der Abend gekommen, so tanzte man im Hofe in der Runde. Ich hörte Lieder singen von Dingen, die ich nicht verstand. Die Burschen küßten die Mägde. Lautes Lachen erscholl; doch das machte mich traurig und träumerisch. Zuweilen bat ich auf dem Heimwege einen Fuhrmann der Landstraße, mich auf seinen Heuwagen steigen zu lassen. Der Mann nahm mich mit und setzte mich auf die Luzernebündel. Kannst du glauben, daß ich zuletzt ein unsägliches Vergnügen empfand, von den kräftigen Armen eines handfesten Burschen emporgehoben zu werden, dessen Gesicht von der Sonne verbrannt und dessen Brust ganz in Schweiß gebadet war? Gewöhnlich waren seine Ärmel bis zu den Achseln aufgekrempelt. Ich berührte gern seine Muskeln, die Buckel und Höhlungen bei jeder Bewegung seiner Hand bildeten. Ich ließ mich auch gern von ihm küssen, um das Kratzen seines Bartes auf meiner Backe zu fühlen. Unten auf der Wiese, wohin ich alle Tage kam, floß ein kleiner Bach zwischen zwei Reihen von Pappeln. Allerlei Blumen wuchsen an seinem Ufer. Ich wand Sträuße, Kränze und Ketten daraus. Aus Vogelbeeren machte ich mir Halsbänder. Das wurde bei mir zur Leidenschaft. Ich hatte immer die ganze Schürze voll davon. Mein Vater schalt mich und sagte, daß ich stets ein gefallsüchtiges Ding bleiben werde. Ich hatte auch welche in mein kleines Zimmer mitgenommen. Zuweilen betäubte mich die Menge der Gerüche, und ich schlummerte mit benommenem Kopf ein und genoß doch zugleich dies Unbehagen. Der Duft des jungen Heues zum Beispiel, der Duft des warmen und gärenden Heues, schien mir immer köstlich, so daß ich mich jeden Sonntag in der Scheune einschloß und dort den ganzen Nachmittag damit verbrachte, den Spinnen zuzusehen, die ihre Netze zwischen den Balken spannen, und die Fliegen summen zu hören. Ich lebte in den Tag hinein, aber ich wurde ein hübsches Mädchen. Ich strotzte von üppiger Gesundheit! Oft faßte mich eine Art von Verrücktheit, und ich lief, lief, bis ich fiel, oder ich sang aus vollem Halse oder ich sprach lange für mich allein. Sonderbare Wünsche bestürmten mich, ich betrachtete immer die Tauben im Schlage, die sich gatteten. Einige kamen bis unter mein Fenster, sich in der Sonne zu baden und in den Weinreben zu spielen. In der Nacht hörte ich sie noch mit den Flügeln schlagen und girren. Das schien mir so süß, so lieblich, daß ich hätte Taube sein mögen wie sie und meinen Hals biegen, wie sie beim Schnäbeln taten. ›Was mögen sie einander wohl sagen,‹ dachte ich, ›da sie ja so glücklich ausschauen!‹ Und ich dachte daran, mit welch wundervollen Sprüngen die Hengste hinter den Stuten herrennen und wie ihre Nüstern sich blähen. Ich dachte an die Lust, die erschauernd durch die Wolle der Schafe läuft, wenn der Widder naht, und an das Summen der Bienen, wenn sie sich in Trauben an den Bäumen des Obstgartens aufhängen. Im Stall drängte ich mich zwischen die Tiere, um die Ausdünstung ihrer Glieder zu spüren, den Lebensatem, den ich mit voller Brust einsog, und zugleich betrachtete ich verstohlen ihre Nacktheit, auf die der Taumel der Sinne meine verwirrten Augen immer wieder zog. Dann wieder nahmen sogar die Bäume an den Waldesecken, besonders in der Dämmerung, sonderbare Formen an: bald waren es Arme, die sich zum Himmel streckten, bald ein Stumpf, der sich unter den Windstößen wie ein Leib bog. Wenn ich des Nachts bei Mondschein erwachte und die Wolken zogen, sah ich am Himmel Dinge, die mich erschreckten und meine Lust erregten. Ich erinnere mich, daß ich einmal am Weihnachtsabend eine große nackte Frau aufrecht dastehen sah; mit rollenden Augen; sie war gut hundert Fuß hoch, doch sie wuchs noch beständig und wurde immer dünner; schließlich zerbrach sie; jedes Glied blieb getrennt für sich; der Kopf flog zuerst davon; das übrige bewegte sich noch. Oder ich träumte. Mit zehn Jahren kannte ich schon fieberheiße Nächte Nächte voller Wollust. War es nicht Wollust, was in meinen Augen glänzte, was in meinem Blute kreiste und mein Herz vor Wonne tanzen ließ, wenn meine Glieder sich untereinander berührten? Die Unzucht sang mir beständig Gesänge von Wollust ins Ohr. In meinen Visionen sah ich Fleischmassen wie Gold schimmern. Unbekannte Formen bewegten sich durcheinander wie Quecksilber-Kügelchen.

In der Kirche betrachtete ich den nackten Menschenleib am Kreuze. Ich richtete seinen Kopf auf; ich füllte seine Flanken aus, ich färbte ihm alle seine Glieder und öffnete seine Augen. Ich ließ einen schönen Mann mit feurigem Blick vor mir erstehn. Ich löste ihn vom Kreuze und ließ ihn zu mir auf den Altar herabsteigen. Weihrauch hüllte ihn ein, er ging in einer Räucherwolke dahin, und Schauer der Lust liefen über meinen Leib.

Wenn ein Mann zu mir sprach, beobachtete ich sein Auge und den Blick, der daraus hervorbricht. Ich hatte besonders die gern, deren Lider l '3 in beständiger Bewegung sind und die Augäpfel bald verbergen, bald wieder zeigen, eine Bewegung, die dem Flattern eines Nachtfalters gleicht. Durch die Kleider hindurch suchte ich das Geheimnis ihres Geschlechtes zu erspähen, und ich befragte darüber meine jungen Freundinnen. Ich gab auf die Küsse meines Vaters und meiner Mutter acht, und des Nachts horchte ich auf das Geräusch, das von ihrem Lager kam.

Mit zwölf Jahren wurde ich eingesegnet. Man hatte mir ein schönes weißes Kleid aus der Stadt kommen lassen. Wir trugen alle blaue Gürtel. Ich hatte gewünscht, daß man mir die Haare aufwickelte wie einer Dame. Bevor ich aufbrach, betrachtete ich mich im Spiegel. Ich war schön wie eine Liebesgöttin, beinahe war ich in mich selbst verliebt; ich wünschte mir, es zu sein. Es war in den Tagen des Fronleichnamsfestes. Die Nonnen hatten die Kirche mit Blumen gefüllt; alles duftete. Seit drei Tagen war ich selbst mit den anderen beschäftigt, den kleinen Altartisch mit Jasmin zu schmücken, vor dem das Gelübde abgelegt werden sollte. Der Altar verschwand unter Hyazinthen; Teppiche bedeckten die Stufen des Chors. Wir trugen alle weiße Handschuhe und hielten eine Kerze in der Hand. Ich war sehr glücklich, dies alles entsprach ganz meiner Natur. Während der ganzen Messe bewegte ich meine Füße auf dem Teppich, denn bei meinem Vater gab es keinen. Ich hätte mich in meinem weißen Kleide darauflegen und ganz allein in der Kirche bleiben mögen, mitten unter den brennenden Kerzen. Mein Herz schwoll von neuer Hoffnung. Mit Unruhe erwartete ich die Hostie. Ich hatte gehört, daß die erste Kommunion verwandle, und ich glaubte, daß all mein Verlangen gestillt sein würde, wenn das Sakrament vorüber sei. Doch nein! Als ich wieder an meinem Platze saß, fand ich mich wieder in meinem Glutofen. Ich hatte bemerkt, daß ich angeschaut wurde, als wir uns dem Priester näherten. Das stieg mir zu Kopf. Ich fand mich schön und brüstete mich in unbestimmtem Stolz mit all den Wonnen, die in mir verborgen lagen und die ich selbst noch nicht kannte. Nach der Messe gingen wir alle nacheinander in langem Zuge auf den Friedhof. Eltern und Neugierige standen zu beiden Seiten im Grase, um uns vorüberziehen zu sehen. Ich ging zuerst, ich war die größte. Beim Mahle aß ich nichts, mein Herz war ganz beklommen. Meine Mutter hatte noch rote Augen vom Weinen während des Gottesdienstes. Einige Nachbarn kamen zum Gratulieren und umarmten mich mit überströmender Zärtlichkeit. Ihre Liebkosungen waren mir widerlich.

Im Nachmittagsgottesdienst war es noch voller als am Morgen. Uns gegenüber hatte man die Knaben gesetzt; sie schauten uns begehrlich an, mich besonders. Auch als ich die Augen niederschlug, fühlte ich noch ihre Blicke. Sie waren frisiert und im Sonntagsstaat wie wir. Als sie nach dem Absingen der ersten Strophe eines Gesanges einsetzten, ergriff ihre Stimme meine Seele, und als sie verklang, starb mein Entzücken mit ihr und stieg von neuem, als sie wieder begannen. Ich legte meine Gelübde ab; alles, was ich noch davon weiß, ist, daß ich von weißem Kleide und Unschuld sprach."

Marie hielt inne, – ergriffen von den Gefühlen der Erinnerung, die sie zu überwältigen drohten; dann fuhr sie mit verzweifeltem Lachen fort:

"Ach, das weiße Kleid! Seit langem ist es verbraucht! und die Unschuld mit ihm! Wo sind die andern jetzt? Einige sind gestorben; andere sind verheiratet und haben Kinder; ich sehe und kenne niemand mehr. Bei jedem Jahreswechsel will ich meiner Mutter schreiben, aber ich wage es nicht, und dann, pah, sind alle diese Gefühle dumm!"

Ihre Rührung gewaltsam unterdrückend, fuhr sie fort:

"Am folgenden Tage, der noch ein Festtag war, wollte mich ein Kamerad zum Spielen abholen. Meine Mutter sagte zu mir: ›Jetzt, wo du ein großes Mädchen bist, solltest du nicht mehr mit den Knaben gehen,‹ und sie trennte uns. Das genügte, um mich in ihn verliebt zu machen. Ich suchte ihn, ich machte ihm den Hof. Ich wollte mit ihm aus dem Lande fliehen; er sollte mich heiraten, wenn ich groß sein würde. Ich nannte ihn meinen Gatten, meinen Geliebten; er wagte nichts. Als wir eines Tages zusammen vom Erdbeersuchen aus dem Walde kamen und an einem Heuhaufen vorübergingen, stürzte ich mich auf ihn, bedeckte ihn mit meinem ganzen Körper, und ihn auf den Mund küssend, schrie ich: ›Liebe mich doch, wir wollen uns heiraten, wir wollen uns heiraten!‹ Er riß sich los und entfloh.

Seit dieser Zeit hielt ich mich von aller Welt fern und verließ den Hof nicht mehr. Ich lebte einsam mit meinen Wünschen wie andere mit ihren Genüssen. Erzählte man, daß der und der ein Mädchen entführt hatte, das man ihm verweigert hatte, so stellte ich mir vor, seine Geliebte zu sein, auf dem Pferde hinter ihm sitzend, über die Felder dahin zu fliegen und ihn in meine Arme zu schließen. Sprach man von einer Heirat, so legte ich mich in Gedanken schnell in das weißeBett. Wie eine Neuvermählte bebte ich vor Furcht und Wollust. Ich beneidete selbst die Kühe um ihr klagendes Gebrüll, wenn sie kalben; an den Grund denkend, war ich eifersüchtig auf ihre Schmerzen.

Zu jener Zeit starb mein Vater; meine Mutter zog mit mir in die Stadt. Mein Bruder ging zu den Soldaten, wo er es bis zum Hauptmann gebracht hat. Ich war sechzehn Jahre alt, als wir von Hause fortzogen. Ich sagte dem Walde und der Wiese, wo mein Bach floß, für immer Lebewohl; ein Lebewohl dem Portal der Kirche, vor dem ich so schöne Stunden in der Sonne gespielt hatte, ein Lebewohl auch meinem armen kleinen Zimmer. Ich habe nichts von alledem wiedergesehen. Die Grisetten unseres Stadtteiles, die meine Freundinnen wurden, zeigten mir ihre Schätze. Ich machte Ausflüge mit ihnen, ich schaute zu, wie man sich liebte, und ich weidete mich mit Muße an diesem Anblick. Jeden Tag fand sich ein neuer Vorwand zum Fortgehen. Meine Mutter wurde aufmerksam. Anfangs machte sie mir Vorwürfe, schließlich jedoch ließ sie mich in Ruhe.

Eines Tages endlich schlug mir ein altes Weib, das ich seit einiger Zeit kannte, vor, sie wolle mein Glück machen. Sie sagte, sie habe einen sehr reichen Liebhaber für mich gefunden. Ich brauche nur am Abend des folgenden Tages auszugehen, als wenn ich eine Arbeit in die Vorstadt trüge; sie würde mich an Ort und Stelle führen.

Während der nächsten vierundzwanzig Stunden glaubte ich mehrere Male, verrückt zu werden. Je näher die Stunde kam, desto weiter schien mir der ersehnte Augenblick: ich hatte nur noch dieses Wort im Kopfe: ein Liebhaber! ein Liebhaber! Ich sollte also einen Liebhaber bekommen, sollte geliebt werden, sollte lieben! Zuerst zog ich meine feinsten Schühchen an. Als ich sah, daß mein Fuß sich darin breit trat, nahm ich Stiefel. Ebenso frisierte ich mein Haar auf hundert verschiedene Weisen, in Windungen aufgesteckt, dann mit flachem Scheitel, in Locken gedreht, in Flechten. Je öfter ich in den Spiegel sah, desto schöner wurde ich, aber ich genügte mir noch nicht. Meine Kleider waren gewöhnlich, und ich errötete vor Scham darüber. Warum war ich nicht eine jener Frauen, die weiß aus Samt und Spitzen hervorleuchten, die nach Ambra und Rosen duften, von Seide rauschen und Diener in goldgestickten Livreen hinter sich haben! Ich fluchte meiner Mutter, meinem vergangenen Leben, und ich rannte davon, von allen Versuchungen des Teufels gehetzt und sie alle im voraus genießend.

An einer Straßenecke erwartete uns ein Fiaker, wir stiegen hinein. Eine Stunde darauf hielt er vor dem Gittertor eines Parkes. Nachdem wir einige Zeit darin umhergegangen, bemerkte ich, daß die Alte mich verlassen hatte und ich allein in den Alleen geblieben war. Die Bäume standen ragend im reichen Blätterschmuck. Rasenstreifen umgaben Blumenbeete; niemals hatte ich einen so schönen Garten gesehen. Ein Fluß zog sich mitten hindurch. Steine, die geschickt hier und da verteilt waren, brachten Wasserfälle hervor. Schwäne spielten auf der Fläche und ließen sich mit geblähten Flügeln von der Strömung treiben. Ich sah mit Vergnügen die Volière, in der allerhand Vögel schrien und sich in ihren Ringen wiegten; sie breiteten ihre bunten Schwänze aus und flogen voreinander her, es war ein blendender Anblick. Zwei Statuen aus weißem Marmor standen unten auf der Freitreppe und schauten einander in reizender Stellung an; das große Bassin gegenüber war von der untergehenden Sonne vergoldet und machte einem Lust zum Bade. Ich dachte an den unbekannten Liebhaber, der hier wohnte. Jeden Augenblick erwartete ich, hinter einer Baumgruppe einen schönen Mann hervorkommen zu sehen, der stolz wie Apoll daherschritt. Als nach dem Diner das Geräusch im Schlosse, das ich seit geraumer Zeit hörte, nachließ, erschien mein Gebieter. Es war ein ganz weißer und magerer alter Herr, der sich in zu enge Kleider gepreßt hatte. Er trug einen Ordensstern auf seinem Rock und Schuhe, die ihn bei der Bewegung seiner Knie hinderten. Seine Nase war groß, und seine kleinen grünen Augen hatten einen häßlichen Ausdruck. Er sprach mich lächelnd an; sein Mund war zahnlos. Wenn man lächelt, muß man kleine rosige Lippen haben, wie du sie hast, mit ein wenig Schnurrbart in den Mundwinkeln, nicht wahr, mein Engel?

Wir setzten uns auf eine Bank. Er nahm meine Hände; er fand sie so reizend, daß er jeden einzelnen Finger küßte. Er sagte mir, daß ich sehr viel Geld haben würde, wenn ich seine Geliebte werden, artig sein und bei ihm bleiben wolle. Ich würde Dienerschaft zu meiner Bedienung haben und jeden Tag schöne Kleider bekommen. Ich würde reiten und ausfahren. Doch für alles das müsse ich ihn lieben. Ich versprach, ihn lieben zu wollen.

Und doch regte sich in mir keine jener Flammen, die mir noch unlängst bei der Annäherung der Männer das Innere verbrannten. Dadurch, daß ich neben ihm saß und mir sagte, daß ich die Geliebte dieses Mannes da sein sollte, bekam ich schließlich Lust. Als er mich aufforderte, mit ihm ins Haus zu kommen, erhob ich mich lebhaft. Er war entzückt, er zitterte vor Freude, der Einfaltspinsel! Nachdem wir einen schönen Salon mit vergoldeten Möbeln durchschritten hatten, führte er mich in mein Zimmer und wollte mich selbst auskleiden. Er begann damit, mir meinen Kopfputz abzunehmen; doch als er mir die Schuhe ausziehen wollte, wurde ihm das Bücken schwer, und er sagte: ›Ja, ich bin alt, mein Kind.‹ Er kniete vor mir nieder, seine Blicke bettelten. Die Hände faltend, fügte er hinzu: ›Du bist so hübsch!‹ Ich hatte Furcht vor dem, was kommen würde.

Im Alkoven stand ein ungeheures Bett. Er zog mich schreiend dahin. Ich fühlte mich in Daunen und Matratzen versinken. Sein Körper lastete auf mir als gräßliche Marter. Seine schlaffen Lippen bedeckten mich mit kalten Küssen. Die Decke des Zimmers schien mich erdrücken zu wollen. Wie glücklich war er! Er wollte vor Wonne vergehen! Während ich für mich versuchte, selbst zu genießen, regte ich ihn auf, wie es schien. Aber was ging mich sein Vergnügen an! Das meinige wollte ich, erwartete ich. Ich ersehnte es von seinem eingefallenen Munde und seinen kraftlosen Gliedern, ich suchte es in diesem Greise zu finden, und während ich in unerhörter Anstrengung alles zusammenraffte, was von verhaltener Wollust in mir war, fühlte ich nur Ekel in meiner ersten Nacht der Ausschweifung.

Kaum war er fort, so erhob ich mich. Ich ging ans Fenster, öffnete es und erfrischte meine Haut an der Luft. Ich wünschte, der Ozean hätte ihn von mir abwaschen können. Ich brachte mein Bett in Ordnung und tilgte sorgfältig alle Spuren, wo dieser Leichnam mich mit seinen Krämpfen ermüdet hatte. Die ganze Nacht verbrachte ich mit Weinen; in meiner Verzweiflung brüllte ich wie ein Tiger, den man verschnitten hat. Ach, wärest du damals gekommen! Hätten wir in jenen Zeiten einander gekannt! Wenn du ebenso alt gewesen wärest wie ich, damals hätten wir uns geliebt, als ich sechzehn Jahre zählte, als mein Herz noch unverbraucht war! Unser ganzes Leben wäre damit vergangen, meine Arme würden nur dazu da gewesen sein, dich an mich zu drücken, meine Augen, sich in die deinen zu versenken."

Sie fuhr fort:

"Da ich nun eine große Dame war, stand ich erst um Mittag auf, ich hatte Dienerschaft, die mir überall hin folgte, und einen Wagen, in dessen Polstern ich bequem saß. Mein Rassepferd setzte wundervoll über Baumstämme weg, und die schwarze Feder meines Reithutes nickte anmutig. Doch da ich von einem Tage zum andern reich geworden war, regte mich dieser ganze Luxus auf, anstatt mich zu beruhigen. Bald war ich bekannt, man riß sich um mich, meine Liebhaber begingen tausend Torheiten, um mir zu gefallen. Jeden Abend las ich die Liebesbriefe vom Tage, um darin einen neuen Ausdruck eines Herzens zu finden, das anders als die übrigen und für mich geschaffen war. Aber alle ähnelten einander. Im voraus kannte ich den Schluß ihrer Wendungen und die Art, wie sie auf die Knie fielen. Zwei von ihnen habe ich aus Laune zurückgewiesen, und sie haben sich getötet. Ihr Tod hat mich nicht gerührt. Warum sterben? Warum haben sie nicht alle Hindernisse weggeräumt, um mich zu besitzen? Wenn ich einen Mann liebte, so wären keine Meere breit und keine Mauern hoch genug, um mir den Weg zu ihm zu versperren. Wie gut würde ich mich darauf verstanden haben, wenn ich Mann wäre, die Wächter zu bestechen, nachts in die Fenster zu steigen und mit meinen Küssen die Schreie des Opfers zu ersticken, während ich so jeden Morgen von neuem um die Hoffnung betrogen war, die ich am Abend vorher gehegt hatte.

Ich jagte sie zornig fort, und ich nahm andere. Die Eintönigkeit des Vergnügens brachte mich zur Verzweiflung, und in rasender Hast jagte ich ihm nach, immer neuen, prächtigen, erträumten Genüssen entgegen, gleich den Seemännern, die in der Not Meerwasser trinken und nicht davon lassen können, es zu trinken, so sehr brennt der Durst!

Stutzer oder Bauernlümmel, ich wollte wissen, ob alle gleich seien. Ich habe die Leidenschaft der Männer mit weißen, weichen Händen und mit gefärbtem, an den Schläfen klebendem Haar genossen. Ich habe blasse blonde Jünglinge gehabt, die weibisch waren wie Mädchen und auf mir vergehen wollten. Auch Greise haben mich mit ihren morschen Lüsten beschmutzt, und beim Erwachen habe ich ihre eingesunkene Brust und ihre erloschenen Augen betrachtet. Auf der hölzernen Bank der Dorfschänke hat mich auch der Mann des Volkes bei Weinkrug und Tabakspfeife ungestüm in seine Arme geschlossen; gleich ihm habe ich eine grobsinnliche Freude genossen und ein gefügiges Benehmen gezeigt. Aber der Pöbel liebt nicht besser als der Adel, und auf dem Strohlager ist es nicht wärmer als auf dem Sofa. Um sie feuriger zu machen, gab ich mich manchen wie eine Sklavin hin. Sie haben mich darum nicht heißer geliebt. Für Dummköpfe habe ich mich zu elenden Niedrigkeiten herbeigelassen, und zum Dank dafür haßten und verachteten sie mich, während ich meine Zärtlichkeiten für sie hätte verhundertfachen und sie in Glück hätte ertränken wollen. In derHoffnung endlich, daß die Mißgestalteten besser zu lieben vermöchten als die anderen, und daß die Krüppel durch die Wollust am Leben hängen, gab ich mich Buckligen, Negern und Zwergen hin. Ich bereitete ihnen Nächte, um die Millionäre sie hätten beneiden können; doch mußte ich ihnen wohl Furcht machen, denn sie verließen mich schnell. Weder Arme noch Reiche, weder Schöne noch Häßliche konnten die Forderungen meines Liebesverlangens befriedigen. Sie alle waren schwach und kraftlos, im

Überdruß empfangen, Frühgeburten von Paralytikern, die der Wein berauscht und die Frauenliebe zugrunde richtet. Sie fürchteten, in den Laken zu sterben, wie man im Kriege stirbt, es war nicht einer darunter, den ich nicht nach der ersten Stunde ermatten gesehen. Es gibt also auf der Erde keine jener göttlichen Jünglinge mehr von einst! Keinen Bacchus, keinen Apollo, keinen jener Helden, die nackt gehen, mit Weinlaub und Lorbeer bekränzt. Ich war geboren, um die Geliebte eines Kaisers zu sein. Mich verlangte nach der Liebe eines Banditen, auf hartem Fels, in afrikanischer Sonne. Ich wünschte mir die Verstrickungen einer Schlange und die brüllenden Liebkosungen der Löwen.

In jener Zeit las ich viel. Besonders zwei Bücher habe ich an hundertmal wiedergelesen: ›Paul und Virginie‹ und ein anderes, das ›Die Verbrechen der Königinnen‹ betitelt war. Man sah darin die Porträts der Messalina, der Theodora, der Margarete von Burgund, der Maria Stuart, und der Katharina II. ›Königin sein‹, sagte ich mir, ›und die Menge in dich verliebt machen!‹ Nun, ich war Königin; Königin, wie man es jetzt sein kann. Wenn ich in meine Loge trat, warf ich einen triumphierenden und herausfordernden Blick über das Publikum. Tausend Köpfe verfolgten die Bewegung meiner Brauen. Ich war unbestrittene Herrscherin durch meine vermessene Schönheit.

Indessen war ich der beständigen Jagd nach einem Liebhaber müde und dürstete doch mehr als je danach. Zudem war mir das Laster zu einer geliebten Marter geworden. So bin ich hierher gekommen, das Herz in Glut, als wenn ich noch eine Jungfräulichkeit zu vergeben hätte. An raffinierten Luxus gewöhnt, begnügte ich mich mit einem schlechten Leben. Die Schwelgerei liebend, schlief ich in Elend ein. Denn dadurch, daß ich so tief hinabgestiegen, hoffte ich, vielleicht die ewige Sehnsucht nach Höherem zu ertöten. In dem Maße, wie mein Leib sich verbrauchte, würden gewiß meine Wünsche zur Ruhe kommen. Ich wollte so mit einem Schlage ein Ende machen und mir an dem, was ich mit so viel Inbrunst ersehnte, für immer den Geschmack verderben. Ja, ich, die ich früher in Erdbeeren und Milch gebadet habe, bin hierher gekommen, mich auf dieses elende Lager zu strecken, über das die Menge hinweggeht. Anstatt die Geliebte eines einzigen zu sein, habe ich mich zur Dienerin aller gemacht, und welchen rauhen Herrn habe ich da bekommen! Kein Feuer mehr im Winter, keinen guten Wein zu meinen Mahlzeiten; seit einem Jahr trage ich dasselbe Kleid. Was tut's? Ist es nicht mein Handwerk, nackt zu sein? Aber kennst du meinen letzten Gedanken, meine letzte Hoffnung? Ach, ich zählte darauf, eines Tages zu finden, was ich nie gefunden: den Mann, der mich immer geflohen hat, dem ich nachgestellt habe im Bett der Elegants, in den Logen der Theater; ein Trugbild, das nur in meinem Herzen wohnt und das ich in meinen Armen halten möchte. Eines schönen Tages, so hoffte ich, würde gewiß jemand kommen, – er mußte ja in der Menge vorhanden sein, – der größer, edler, stärker wäre als die andern. Seine Augen würden schön geschnitten sein, wie die einer Sultanin. Seine Stimme würde in lasziven Modulationen erklingen. Seine Glieder werden die schreckliche und wollüstige Geschmeidigkeit der Leoparden haben. Sein Duft wird schwindlig machen vor Verlangen, und er wird mit Wonne in diesen Busen beißen, der ihm entgegenschwillt. Bei jedem Ankömmling fragte ich mich: ›Ist er's?‹ Und wiederum: ›Ist er's? Er soll mich lieben! Er soll mich lieben, mich schlagen, mich zerbrechen! Ich allein werde ihm einen Harem ersetzen. Ich weiß, welche Blumen erregen, welche Getränke reizen, und wie man selbst die Ermüdung in wonniges Entzücken wandeln kann. Ich werde kokett sein, wenn er es wünscht, um seine Eitelkeit anzustacheln oder seinen Geist zu unterhalten. Dann wieder werde ich plötzlich schmachtend und geschmeidig wie ein Rohr sein und süße Worte und zärtliche Seufzer hauchen. Für ihn will ich mich wie eine Natter winden; will nachts wilde Bewegungen und vernichtende leidenschaftliche Zuckungen haben. In heißen Ländern wollen wir herrlichen Wein aus Kristall trinken. Ich werde ihm beim Klang der Kastagnetten spanische Tänze vortanzen oder, ein Kriegslied heulend, Sätze machen wie die Weiber der Wilden. Wenn er Statuen und Gemälde liebt, werde ich die Posen berühmter Bilder annehmen, vor denen er auf die Knie sinken soll. Wenn er vorzieht, einen Freund in mir zu finden, werde ich mich als Mann verkleiden und mit ihm auf die Jagd gehen. Ich werde ihn bei seiner Rache unterstützen. Wenn er jemand ermorden will, werde ich für ihn auf der Lauer stehen. Wenn er Dieb ist, werden wir zusammen stehlen. Ich werde seine Kleider lieben und den Mantel, der ihn einhüllt.‹ Doch nein! Niemals,

niemals! Vergeblich rinnt die Zeit und ziehen die Morgen herauf, vergebens hat man jede Stelle meines Leibes für alle Lüste mißbraucht, die sich die Männer gestatten. Ich bin jungfräulich geblieben, wie ich mit zehn Jahren war, wenn die eine Jungfrau ist, die keinen Gatten, keinen Geliebten hat, die die Wonne nicht gekannt hat und beständig davon träumt; die sich bezaubernde Phantome schafft und sie in ihren Träumen genießt, die im Rauschen des Windes die Stimme dieser Trugbilder hört und im Antlitz des Mondes ihre Züge sucht. Ich bin Jungfrau, das macht dich lachen? Aber ich habe das unbestimmte Ahnen, das heiße Sehnen. Ich habe alles dazu, ausgenommen die Jungfernschaft selbst.

Sieh am Kopfende meines Bettes all die sich kreuzenden Linien auf dem Mahagoni: es sind die Spuren der Nägel aller derer, die dort gerungen haben und deren Köpfe sich daran gerieben. Ich habe niemals etwas mit ihnen gemein gehabt.

Waren wir auch so fest aneinander gepreßt, als menschliche Arme vereinen können, so hat mich doch stets ein Abgrund von ihnen getrennt. Ach, während sie vor Lust bei ihrem Genuß hätten vergehen mögen, war ich oft tausend Meilen im Geiste entfernt, um die Matte eines Wilden oder die mit Widderfellen geschmückte Grotte eines Hirten der Abruzzen zu teilen!

Niemand in der Tat kommt meinetwegen, niemand kennt mich. Vielleicht suchen sie in mir eine bestimmte Frau, wie ich in ihnen einen bestimmten Mann suche. So läuft in den Straßen manch ein Hund umher, der im Kot herumschnüffelt, um einen Hühnerknochen oder Fleischreste zu finden. Und wer kennt all die exaltierte Liebe, die auf eine öffentliche Dirne verschwendet wird, alle die herrlichen Elegien, die mit einem an sie gerichteten "guten Tag" endigen? Wie viele habe ich hierher kommen sehen, das Herz schwer von Gram und die Augen voll von Tränen! Diese kamen nach dem Balle, um in einer einzigen Frau alle diejenigen wiederzufinden, die sie eben verlassen hatten, jene nach einer Hochzeit, von dem Gedanken an die Unschuld gereizt. Und dann junge Leute, die die Angebetete ihres Herzens nicht anzureden wagen und sie mit Muße berühren wollen; sie schlossen die Augen und sahen sie dann im Geiste. Ehemänner, die wieder jung sein und die leichtfertigen Freuden ihrer Blütezeit genießen wollten. Priester, vom Dämon getrieben, die keine Frau wollen, sondern eine Kurtisane, die Fleisch gewordene Sünde. Sie verfluchen mich, sie haben Angst vor mir und beten mich doch an. Sie möchten, daß ich einen Pferdefuß hätte und mein Kleid von Edelsteinen glänzte, um die Versuchung furchtbarer zu machen und den Schrecken größer. Sie alle bilden einen traurigen einförmigen Zug von Schatten, die einander folgen. Sie gleichen einer Volksmenge, von der nur das Geräusch im Gedächtnis zurückbleibt und das Stampfen der tausend Füße, der verworrene Lärm, der sich davon ablöst. Kenne ich denn den Namen eines einzigen? Sie kommen und verlassen mich. Niemals eine selbstlose Liebkosung, und sie bitten darum, sie würden sogar Liebe verlangen, wenn sie es wagten! Man muß sagen, daß sie schön seien, daß man sie für reich hält, dann lächeln sie. Und dann wollen sie fröhlich sein, zuweilen soll man singen, oder wieder schweigen, oder schwatzen. In diesem Weibe, das so viele kennen, ahnt niemand ein Herz. Dummköpfe sind sie; sie bewundern den Schwung meiner Brauen und den Glanz meiner Schultern, glücklich, auf wohlfeile Weise einen königlichen Bissen zu erhaschen. Von jener unversiegbaren Liebe, die ihnen entgegenströmte und sich ihnen zu Füßen warf, wollten sie nichts wissen. Und doch kenne ich Frauen, sogar hier, die Liebhaber haben, wirkliche Liebhaber, die sie lieben. Sie haben einen besonderen Platz für sie in ihrem Bette wie in ihrer Seele, und wenn sie kommen, sind sie glücklich. Für sie, weißt du, kämmen sie so lange ihr Haar und begießen die Blumen vor ihrem Fenster; doch ich habe niemand, niemand! Nicht einmal die sanfte Zuneigung eines armen Kindes; denn man zeigt ihnen mit Fingern die Prostituierte, und sie gehen vorüber, ohne aufzublicken. Mein Gott, wie lange bin ich nicht mehr durch die Felder gegangen und habe ich nicht mehr die Natur gesehen! Wie oft habe ich an Sonntagen dem Ton der traurigen Glocken gelauscht, die alle Welt zum Gottesdienste rufen, wohin ich nicht mehr gehe! Wie lange habe ich nicht mehr die Glocken der Kühe im Gebüsch gehört! Ach, ich möchte fort von hier. Ich sterbe hier vor Langweile! Ich will zu Fuß nach der Heimat zurück. Ich werde zu meiner Amme gehen, sie ist eine brave Frau, die mich gut aufnehmen wird. Als ich ganz klein war, kam ich zu ihr, und sie gab mir Milch. Ich werde ihr helfen ihre Kinder großziehen und die Wirtschaft besorgen. Ich werde trockenes Holz im Walde suchen. Wir werden uns abends am Feuer wärmen, wenn es schneit; denn bald kommt der Winter. Beim Königskuchen werden wir uns prachtvoll amüsieren. Oh, sie wird mich lieben, ich werde die Kleinen in den Schlaf wiegen. Wie glücklich werde ich sein."

Sie schwieg. Dann richtete sie einen durch Tränen schimmernden Blick auf mich, als wollte sie sagen: "Bist du's?"

Ich hatte sie begierig angehört. Während sie sprach, hing mein Blick an ihren Lippen. Ich versuchte, mich in das Leben hineinzudenken, von dem sie erzählte. Plötzlich wuchs sie zu Proportionen, die ich ihr sicherlich lieh. Sie erschien mir so als ein neues Weib voll unbekannter Mysterien, und trotz meiner Beziehungen zu ihr, mit der ganzen Lockung eines erregenden Zaubers und einer neuen Anziehungskraft. Die Männer, die sie gehabt, hatten ihr in der Tat etwas wie den Duft eines erstorbenen Parfüms gelassen. Spuren vergangener Leidenschaften, die sie in eine Majestät der Wollust hüllten; die Ausschweifung hatte ihr eine höllische Schönheit verliehen. Würde sie ohne die durchlebten Orgien dieses Lächeln einer Selbstmörderin gehabt haben, das sie einer zur Liebe erwachenden Toten ähnlich machte? Ihre Wange war bleicher davon, ihr Haar geschmeidiger und duftender, ihre Glieder waren schmiegsamer, weicher, wärmer. Wie bei mir hatten sich auch ihre Freuden in Kummer verkehrt, ihre Erwartung sich in Ekel gewandelt. Unendliche Hoffnungslosigkeit war wahnsinnigen Krämpfen der Lust gefolgt. Ohne daß wir einander kannten, hatten wir beide, sie in ihrer Prostitution und ich in meiner Keuschheit, denselben Weg zurückgelegt und waren in den gleichen Abgrund geraten. Während ich eine Geliebte suchte, hatte sie einen Liebhaber gesucht. Sie in der Welt, ich in meinem Herzen; beide ohne Erfolg.

"Armes Weib," sagte ich zu ihr, während ich sie an mich drückte, "wie hast du leiden müssen!"

"So hast du also Ähnliches erlitten?" antwortete sie mir. "Bist du wie ich? Hast du oft dein Kissen mit Tränen benetzt? Sind für dich die sonnigen Tage im Winter ebenso traurig? Wenn am Abend der Nebel zieht und ich allein gehe, dann scheint es mir, als ob der Regen in mein Herz dringt und es in Stücke zerfallen läßt."

"Und doch zweifle ich, daß du je der Welt so überdrüssig gewesen bist wie ich. Du hast deine frohen Tage gehabt, aber mir ist, als sei ich im Gefängnis geboren. Ich trage unendlich viel in mir, das niemals ans Licht gestiegen ist."

"Doch du bist so jung. In Wahrheit sind die Männer jetzt alle alt. Die Kinder fühlen denselben Überdruß wie die Greise. Unsere Mütter waren unlustig, als sie uns empfingen. Früher war das anders, nicht wahr?"

"Das ist wahr," gab ich zurück, "die Häuser, die wir bewohnen, glichen alle einander, weiß und traurig, wie Gräber auf Friedhöfen. In den alten schwarzen Baracken, die man abreißt, mußte das Leben wärmer sein. Dort wurde laut gesungen, man zerschlug die Krüge auf den Tafeln und zerbrach die Bettstellen in der Liebesnacht."

"Doch was macht dich so traurig? Du hast doch sehr geliebt!"

"Ob ich geliebt habe, mein Gott! Genug, dich um dein Leben zu beneiden."

"Mich um mein Leben beneiden?" sagte sie.

"Ja, dich beneiden! An deiner Stelle wäre ich vielleicht glücklich gewesen: denn wenn es einen Mann, wie du ihn dir wünschst, nicht gibt, so muß eine Frau, wie ich sie will, irgendwo leben; unter so viel liebenden Herzen muß sich eines für mich finden."

"Suche es! Suche es!"

"Ach ja, ich habe geliebt! So sehr, daß ich von unterdrückten Wünschen übersättigt bin. Nein, du wirst niemals alle die kennen, die mich in Verwirrung gesetzt haben und die ich auf dem Grunde meines Herzens mit einer himmlischen Liebe umgab. Wenn ich einen Tag mit einer Frau zusammengelebt hatte, sagte ich mir: ›Warum kenne ich sie nicht schon seit zehn Jahren. Alle ihre entflohenen Tage würden mir gehört haben. Ihr erstes Lächeln sollte mir gelten, ihr erster Gedanke in diesem Leben für mich sein. Menschen kommen und sprechen zu ihr, sie gibt ihnen Antwort; sie denkt an sie. Die Bücher, die sie liebt, hätte ich lesen sollen. Warum wandelte ich nicht mit ihr unter all den Bäumen, deren Schatten sie umfangen hat. So viele Kleider hat sie getragen, die ich nicht gesehen habe. Sie hat die schönsten Opern gehört, und ich war nicht dabei. Andere haben ihr duftende Blumen gespendet, die ich nicht gepflückt habe. Meine Mühe wird vergeblich sein, sie wird mich vergessen. Ich bin für sie wie ein Vorübergehender auf der Straße‹ – und wenn ich mich von ihr getrennt hatte, fragte ich mich: ›Wo ist sie? Was macht sie den ganzen Tag, fern von dir? Womit verbringt sie ihre Zeit?‹

Eine Frau liebe einen Mann, sie mache ihm ein Zeichen, und er fällt ihr zu Füßen! Doch für uns, welches Glück, wenn sie uns anblickt! Und selbst dann noch gehören Reichtum und Pferde dazu, die uns dahintragen, und ein Haus, das mit Statuen geschmückt ist. Man muß Feste geben, mit Gold um sich werfen und von sich reden machen. Aber in der Menge leben, ohne sie durch Geist und Geld beherrschen zu können, und ebenso unbekannt bleiben wie der Elendeste und Dümmste von allen, wenn man nach der höchsten Liebe dürstet, wenn man freudig unter dem Blick einer geliebten Frau sterben würde, die Marter habe ich gekannt."

"Du bist schüchtern, nicht wahr? Du fürchtest dich vor ihnen."

"Jetzt nicht mehr. Früher zitterte ich schon beim Geräusch ihrer Schritte. Ich blieb vor den Friseurläden stehen, um die schönen Köpfe aus Wachs mit Blumen und Diamanten im Haar anzuschauen, in ihrer rosigen Weiße und mit ihrem bloßen Hals. In einige von ihnen war ich verliebt. Das Schaufenster eines Schuhmachers versetzte mich in Ekstase: ich dachte mir in diese kleinen Atlasschuhe, die man für den Ball am Abend wegtrug, einen nackten Fuß, einen entzückenden Fuß mit seinen Nägeln, einen Fuß aus lebendigem Alabaster wie den einer Prinzessin, die ins Bad steigt. Die Korsetts, die vor den Modeläden im Winde schwankten, erregten mir auch seltsame Verlangen. Ich habe Frauen, die ich nicht liebte, Blumensträuße geschenkt in der Hoffnung, daß die Liebe sich dadurch einstellen würde; ich hatte das gehört. Ich habe Briefe an beliebige Personen gerichtet, um mich durch Schreiben in Rührung zu bringen, und ich habe geweint. Das leiseste Lächeln eines Frauenmundes ließ mein Herz vor Wonne schmelzen, und das war dann alles! So viel Glück war nicht für mich bestimmt. Wie sollte man mich lieben?"

"Warte! Warte noch ein Jahr, sechs Monate! Vielleicht wird's morgen sein, hoffe!"

"Ich habe zuviel gehofft, um noch ans Ziel zu kommen." "Du redest wie ein Kind," sagte sie.

"Nein, es gibt überhaupt keine Liebe, von der ich nicht nach vierundzwanzig Stunden übersättigt sein würde. Ich habe zu viel von dem Gefühl geträumt, so daß ich seiner überdrüssig bin, wie die, die man zu sehr geliebt hat."

"Und doch ist das das einzige Schöne im Leben."

"Wem sagst du das? Ich würde alles hingeben für eine Nacht mit einer Frau, die mich liebt."

"Oh, wenn du, statt dein Herz zu verbergen, alles sehen ließest, was an Güte und Edelmut darin wohnt, so würden dich alle Frauen wollen. Es gibt keine, die nicht suchen würde, deine Geliebte zu werden. Aber du bist noch törichter gewesen, als ich es war! Wer fragt nach vergrabenen Schätzen! Nur die Koketten erraten Menschen, wie du einer bist, und quälen sie; die anderen sehen sie nicht. Und doch wäre es der Mühe wert, dich zu lieben! Nun, um so besser! Ich werde dich lieben, ich werde deine Geliebte sein."

"Meine Geliebte?"

"Ach, ich bitte dich darum! Ich werde dir folgen, wohin du willst, ich werde von hier fortgehen, ich werde dir gegenüber ein Zimmer mieten, ich werde den ganzen Tag zu dir hinüberschauen. Wie will ich dich lieben! Immer bei dir sein, am Abend und am Morgen. Des Nachts bei dir schlafen, während unsere Arme unsere Körper umschlingen. Am selben Tisch essen, während wir einander gegenübersitzen: uns im selben Zimmer ankleiden, zusammen ausgehen und dich in meiner Nähe fühlen! Sind wir nicht füreinander geschaffen? Stimmen deine Hoffnungen nicht zu meinen Enttäuschungen? Sind dein und mein Leben nicht eins? Du wirst mir allen Kummer deiner Einsamkeit erzählen, ich werde dir die Qualen schildern, die ich erduldet habe. Unser Leben muß so sein, als sollten wir nur eine einzige Stunde zusammenbleiben und darin alles erschöpfen, was an Lust und Zärtlichkeit in uns liegt; und dann wieder von neuem beginnen und schließlich zusammen sterben. Küsse mich, küsse mich noch einmal! Lege deinen Kopf auf meine Brust, damit ich sein Gewicht fühle, laß dein Haar meinen Hals liebkosen, laß meine Hände über deine Schultern gleiten. Dein Blick ist so sanft!"

Die Bettdecke, die sich gelöst hatte, hing auf die Erde und ließ unsere Füße bloß; und sie setzte sich in die Knie und steckte sie wieder unter die Matratze; ich sah ihren weißen Rücken, der sich wie ein Rohr bog. Ich war von der schlaflos verbrachten Nacht wie gebrochen. Mein Kopf war schwer, die Augen brannten unter meinen Lidern: sie küßte sie sanft, mit der Lippe leise darüber hinfahrend; das erfrischte sie, als hätte man sie mit kühlem Wasser benetzt. Auch sie erwachte mehr und mehr aus der Erstarrung, der sie sich einen Augenblick überlassen hatte. Nervös vor Müdigkeit und noch glühend von den vorausgegangenen Zärtlichkeiten, drückte sie mich in verzweifelter Lust an sich und sagte: "Lieben wir uns, da niemand uns geliebt hat; du gehörst mir!"

Sie ächzte mit offenem Munde, sie küßte mich wild, dann faßte sie sich plötzlich, fuhr mit der Hand über ihren zerzausten Scheitel und fügte hinzu:

"Höre, wie schön unser Leben sein würde, wenn es so verliefe; wenn wir in ein Land gingen, wo die Sonne goldgelbe Blumen erblühen und Orangen reifen läßt, an einen Strand, wie es deren geben muß, wo der Sand ganz weiß glänzt, wo die Männer Turbane tragen und die Frauen Kleider aus Gaze. Wir würden uns unter hohen, breitblätterigen Bäumen lagern. Wir würden auf das Murmeln der Meerbusen horchen und zusammen am Ufer der Flüsse entlang gehen, um Muscheln zu suchen. Ich würde Körbe aus Schilf flechten, und du würdest sie verkaufen. Ich würde dich ankleiden, dir mit meinen Fingern das Haar ordnen, ich würde dir ein Halsband umlegen. Ach, wie ich dich lieben würde, wie ich dich liebe! Laß mich meinen Durst an dir löschen!"

Während sie mich ungestüm auf ihr Lager drückte, ließ sie sich auf meinen ganzen Körper nieder und breitete sich in unkeuscher Lust darüber, bleich, bebend, die Zähne aufeinander gebissen und mich mit der Kraft einer Wahnsinnigen an sich pressend. Ich fühlte mich von einem Liebessturm fortgerissen. Man hörte Schluchzen und dann gellende Schreie. Meine mit ihrem Speichel benetzte Lippe brannte und juckte, unsere Muskeln, die in dieselbe Verschlingung verstrickt waren, preßten sich aneinander und traten ineinander über. Die Wollust wurde zur Raserei, der Genuß zur Qual.

Plötzlich öffnete sie die Augen voll Staunen und Schrecken und sagte:

"Wenn ich Mutter würde!"

Und in demütiges Schmeicheln übergehend:

"Ja, ja, ein Kind! ein Kind von dir! ... Du willst mich verlassen? Wir werden uns nicht wieder sehen, niemals wirst du wieder kommen! Willst du zuweilen an mich denken? Ich werde dein Haar immer bei mir tragen; lebe wohl! Warte, es ist kaum Tag."

Warum hatte ich es so eilig, sie zu fliehen? Liebte ich sie schon?

Marie sagte nichts mehr, obgleich ich noch eine halbe Stunde bei ihr blieb! Vielleicht dachte sie an den abwesenden Geliebten. Beim Abschiednehmen kommt ein Augenblick, wo man die Trauer so stark vorausfühlt, daß die geliebte Person nicht mehr bei einem ist.

Wir sagten einander nicht Lebewohl. Ich nahm ihre Hand; sie litt es, aber ihr Herz fand keine Kraft mehr zu einem Gegendruck.

Ich habe sie nicht wieder gesehen. Meine Gedanken weilten seit jener Zeit unablässig bei ihr. Nicht ein Tag ist vergangen, ohne daß ich soviel Stunden wie möglich von ihr träumte. Manchmal schließe ich mich eigens dazu ein. Ich versuche, in dieser Erinnerung zu leben. Oft bemühe ich mich vor dem Einschlafen an sie zu denken, um in der Nacht von ihr zu träumen; doch dieses Glück ist mir nie geworden.

Ich habe sie überall gesucht, auf den Promenaden, im Theater, an den Straßenecken. Ohne zu wissen warum, glaubte ich, daß sie mir schreiben würde. Wenn ich einen Wagen vor meiner Tür halten hörte, dachte ich, sie würde aussteigen. Mit welcher Angst habe ich manche Frauen verfolgt! Mit welchem Herzklopfen wandte ich den Kopf, um zu sehen, ob sie es sei!

Ihr Haus ist abgerissen; niemand konnte mir sagen, was aus ihr geworden ist.

Das Verlangen nach einer Frau, die man gehabt hat, ist etwas Schreckliches und tausendmal schlimmer, als ein anderes. Bilder, furchtbar wie Gewissensqualen, verfolgen uns. Ich bin nicht eifersüchtig auf die Männer, die sie vor mir gehabt haben; aber ich bin eifersüchtig auf die, die seither ihre Liebe genossen. Ich glaubte an eine stumme Verabredung, daß wir einander treu sein wollten. Länger als ein Jahr habe ich ihr dieses Versprechen gehalten, und dann bewirkten Zufall, Langeweile, vielleicht das Ermüdende desselben Gefühls, daß ich es brach. Doch in Gedanken verfolgte ich sie überall, im Bett der andern träumte ich von ihren Liebkosungen.

Vergeblich sucht man über alle Leidenschaften neue zu säen. Die alten kommen immer wieder zum Vorschein; keine Macht der Welt ist stark genug, ihre Wurzeln ausreißen zu können. Die römischen Straßen, auf denen die Wagen der Konsuln dahin rollten, sind seit langem verlassen; tausend neue Pfade überqueren sie; Felder haben sich über sie gelegt, Getreide wächst darauf. Doch sieht man deutlich noch ihre Spur, und von ihren dicken Steinen werden die Pflüge schartig, wenn sie darüber hingehen. Das Urbild, nach dem fast alle Menschen suchen, ist vielleicht nur die Erinnerung an eine Liebe, die im Himmel oder in den ersten Tagen der Kindheit sich in unser Herz gesenkt hat. Wir fahnden nach allem, was dazu in Beziehung stehen könnte. Die zweite Frau, die uns gefällt, ähnelt fast immer der ersten. Es bedarfeines hohen Grades von Verdorbenheit oder eines sehr weiten Herzens, um alles lieben zu können. Seht auch, wie die Dichter euch ewig dieselben Gestalten vorführen und sie hundertmal schildern, ohne ihrer müde zu werden. Ich hatte einen Freund, der mit fünfzehn Jahren eine junge Mutter anbetete. Er hatte gesehen, wie sie ihr Kind stillte. Lange Zeit liebte er nur plumpe Gestalten; die Schönheit schlanker Frauen war ihm verhaßt.

Je weiter die Zeit vorrückte, desto tiefer liebte ich sie. Mit der Wut, die man vor dem Unmöglichen fühlt, erdichtete ich Abenteuer, bei denen ich sie wiedersah. Ich stellte mir unser Zusammentreffen vor. Ich sah ihre Augen in den blauen Blasen der Flüsse und die Farbe ihres Gesichtes im Laub der Espe, wenn der Herbst es färbt. Einmal ging ich schnell über eine Wiese. Das Gras pfiff unter meinen Schritten; sie war hinter mir. Ich wandte mich um; da sah ich niemand. Ein anderes Mal glitt ein Wagen vor meinen Augen vorüber; ich blickte auf. Ein langer weißer Schleier hing aus dem Schlage und wehte im Winde. Während die Räder dahinflogen, flatterte er, schien mich zu rufen und verschwand. Und ich sank in meine Einsamkeit zurück, vernichtet, verlassener, als hätte ich in der Tiefe eines Abgrundes gesessen.

Ach, wenn man alles, was in einem lebt, aus sich ausscheiden und ein Wesen ganz aus Geist bilden könnte! Wenn man sein Phantom in Händen halten und seine Stirn berühren könnte, anstatt so viel Liebe und Seufzer an das Nichts zu verschwenden. Doch weit gefehlt; das Gedächtnis vergißt und das Bild verblaßt, während der Schmerz in uns weiter wütet. Dies hier habe ich geschrieben, um die Erinnerung daran wach zu halten, in der Hoffnung, die Worte würden es wieder aufleben lassen. Es ist mir nicht gelungen. Ich habe viel mehr erlebt, als ich hier erzählt habe.

Übrigens handelt es sich hier um eine Beichte, die niemand kennt. Man würde mich damit ausgelacht haben. Spottet man nicht über die, welche lieben? Denn die Menschen halten das für eine Schande. Aus Scham oder aus Egoismusverbirgt jeder das Beste und Zarteste von seiner Seele. Um sich Achtung zu verschaffen, darf man nur seine häßlichen Seiten zeigen; dadurch ist man auf der allgemeinen Höhe. Wie kann man eine solche Frau lieben? würde man mich gefragt haben, und niemand hätte mich hierin verstanden. Wozu also dann darüber sprechen?

Sie hätten recht gehabt. Sie war vielleicht nicht schöner und nicht feuriger als andere. Ich fürchte, ich liebe nur ein Trugbild meines Geistes und will in ihm nur die Liebe genießen, deren Traum sie mir eingegeben hat. Lange habe ich gegen diesen Gedanken angekämpft. Ich hatte der Liebe einen zu hohen Platz angewiesen, als daß ich hätte hoffen können, sie würde zu mir herabsteigen. Doch als dieser Gedanke mit Hartnäckigkeit wiederkehrte, mußte ich erkennen, daß etwas Wahres daran sei. Erst als ich sie mehrere Monate verlassen, habe ich das empfunden. In der ersten Zeit dagegen lebte ich in vollkommener Ruhe.

Wie leer ist die Welt für den, der allein seinen Weg geht! Was sollte ich anfangen? Wie meine Zeit hinbringen? Worauf meinen Verstand verwenden? Wie lang die Tage sich dehnen! Wo ist der Mensch, der über die Kürze des Lebens klagt? Man zeige ihn mir; er muß ein glücklicher Sterblicher sein.

Zerstreuen Sie sich, sagt man mir. Doch womit? Das ist dasselbe, als wenn man mir riete: suchen Sie glücklich zu sein! Aber wie? Und wozu all die Mühe? Alles geht seinen Gang in der Natur, die Bäume treiben, die Ströme stießen, die Vögel singen, die Sterne blitzen. Doch der Mensch ist ruhelos und quält sich. Er fällt die Wälder, wühlt die Erde auf, wagt sich aufs Meer, reist, hastet, mordet die Tiere, tötet sich selbst, weint, heult und denkt an die Hölle, als hätte Gott ihm seinen Geist gegeben, damit er neue Leiden zu denen ersinne, die er schon erduldet.

Früher, bevor ich Marie kannte, hatte mein Lebensüberdruß etwas Schönes, Großes; doch jetzt ist er dumm. Er gleicht dem Widerwillen eines Menschen, der voll von schlechtem Branntwein ist. Es ist die Betäubung des sinnlos Trunkenen.

Die, welche viel gelebt haben, sind anders. Mit fünfzig Jahren sind sie frischer als ich mit zwanzig, ihre ganze Person ist noch jugendlich und anziehend. Wäre ich wie jene schlechten Pferde, die, kaum aus dem Stall gezogen, müde werden und sich erst gemächlich in Trab setzen, wenn sie hinkend und müheselig ein tüchtiges Stück Weges zurückgelegt haben! Zu viel von dem, was ich sehe, schmerzt mich; zuviel auch erregt mein Mitleid, oder eigentlich fließt bei mir alles in einem großen Ekel zusammen.

Derjenige, der zu vornehm geartet ist, um keine Geliebte zu wollen, weil er sie nicht mit Diamanten überschütten noch in einem Palaste wohnen lassen kann, der der gewöhnlichen Liebe zuschaut, der ruhigen Auges die stumpfsinnige Häßlichkeit der beiden brünstigen Tiere betrachtet, die man als Liebhaber und Geliebte bezeichnet, kommt nicht in Versuchung, sich so tief herabzuwürdigen. Er hütet sich vor der Liebe als vor einer

Schwäche, und alle aufsteigenden Wünsche zwingt er unter seinen Willen. Dieser Kampf erschöpft ihn. Der zynische Egoismus der Männer hält mich vom Verkehr mit ihnen ab, ebenso wie der beschränkte Geist der Frauen mich von einer Annäherung zurückschreckt. Im Grunde habe ich unrecht, denn zwei schöne Lippen sind mehr wert als alle Beredsamkeit der Welt.

Das abgefallene Blatt dreht sich im Winde und fliegt davon; so möchte auch ich fliegen, weit fort von hier, wegziehen, um nie zurückzukehren, gleichgültig wohin, aber meine Heimat verlassen. Mein Vaterhaus lastet schwer auf meinen Schultern. Ich bin so oft durch dieselbe Tür gegangen und wieder heimgekommen! Ich habe so oft meine Augen an dieselbe Stelle der Decke meines Zimmers gerichtet, daß sie davon abgenutzt sein sollte.

Ach, wer sich auf dem Rücken der Kamele schwanken fühlen könnte! Vor sich einen tiefroten Himmel, braunen Sand, einen flammenden, weithingestreckten Horizont, welliges Gelände, während der Adler über unsern Köpfen kreist. In einem Winkel des Himmels eine Schar Störche mit rosigen Beinen; sie stiegen vorüber und eilen den Zisternen zu. Das dahinziehende Schiff der Wüste wiegt euch, die Sonne zwingt die Augen sich zu schließen und badet euch in ihren Strahlen. Man hört nur das gedämpfte Geräusch der Schritte der Lasttiere; der Führer hat eben sein Lied beendigt, man zieht und zieht. Am Abend werden die Pfähle eingerammt, das Zelt wird aufgeschlagen und die Dromedare werden getränkt. Man legt sich auf einer Löwenhaut nieder und raucht. Ein Feuer wird angezündet, um die Schakale zu verscheuchen, die man in der Wüste kläffen hört. Unbekannte Sterne, viermal so groß als die unsrigen, glänzen am Himmel. Am Morgen werden die Schläuche in der Oase gefüllt. Man bricht wieder auf, man ist in der Einsamkeit, der Wind pfeift, der Sand hebt sich in Wirbeln.

Und dann ragen in der Ebene, durch die man den ganzen Tag trabt, neben Säulen Palmen empor und regen sanft ihre Schatten spendenden Wedel, nicht weit von der starren Schattenlinie der zerstörten Tempel. Ziegen klettern auf die herabgestürzten Frontispize und fressen die Pflanzen ab, die zwischen dem behauenen Marmor sprießen. Sie fliehen in Sprüngen davon, wenn man sich ihnen nähert. Hat man die Wälder durchquert, deren Bäume durch riesenhafte Lianen verbunden sind, und die

Flüsse überschritten, deren anderes Ufer man vom diesseitigen nicht erkennen kann, so liegt jenseits der Sudan, das Land der Neger, das Land des Goldes. Doch weiter noch geht die Reise: ich will den grimmen Malabar sehen mit seinen Tänzen, bei denen man sich entleibt. Die Weine töten dort wie Gifte, und die Gifte sind süß wie Weine. Das Meer, ein blaues, von Korallen und Perlen erfülltes Meer, tönt von den Klängen der heiligen Orgien wieder, die in den Höhlen der Berge gefeiert werden. Es liegt regungslos, die Luft strahlt tiefrot, der wolkenlose Himmel spiegelt sich im blauen Ozean, die Taue dampfen, wenn sie aus dem Wasser gezogen werden, Haie folgen den Schiffen und verschlingen die Leichen.

Ach Indien! Indien vor allem! Weiße Berge mit Pagoden und Idolen in Wäldern voller Tiger und Elefanten. Gelbe Menschen in lichten Kleidern, zinnfarbige Frauen mit beringten Füßen und Händen in Gazegewändern, die sie wie Nebelschleier einhüllen, und mit Augen, von denen man nur die hennageschwärzten Lider sieht. Sie singen eine Hymne zum Preise eines Gottes, sie tanzen ... Tanze, tanze, Bajadere, Tochter des Ganges, laß deine Füße in meinem Haupte wirbeln! Wie eine Natter windet sie sich, löst die Arme; ihr Kopf bewegt sich, ihre Hüften schaukeln, ihre Nasenflügel blähen sich, ihr Haar geht auf. Dampfender Weihrauch hüllt das starre goldene Idol ein mit seinen vier Köpfen und zwanzig Armen.

In einem Nachen aus Zedernholz, einem länglichen Nachen, dessen dünne Ruder Federn gleichen, mit einem Segel aus geflochtenem Bambus, werde ich beim Lärm der Gongs und Tamburine in das gelbe Land einziehen, das China heißt. Die Füße seiner Frauen kann man in der Hand halten. Ihr Kopf ist klein; ihre seinen Augenbrauen sind an den Enden emporgezogen. Sie leben in Lauben aus grünem Schilfrohr und essen Früchte mit samtartiger Haut von bemalten Porzellantellern. Mit spitzem, bis auf die Brust herabreichendem Schnurrbart und kahlgeschorenem Haupte schreitet der Mandarin, einen runden Fächer mit den Fingern haltend, in den Saal, wo Dreifüße rauchen, und geht langsam über Reismatten. Eine Quaste hängt im Rücken an seinem Zopf, eine kleine Pfeife sitzt in seiner spitzen Mütze, und schwarze Schrift bedeckt sein Gewand aus roter Seide. Ach, zu wieviel Reisen haben mich nicht die Teebüchsen angeregt.

Reißt mich mit, Stürme der Neuen Welt, die ihr hundertjährige Eichen entwurzelt und Seen peitscht, in deren Fluten Schlangen spielen! Ströme Norwegens, bespritzt mich mit eurem Schaum! Möge der dichtfallende Schnee Sibiriens meine Schritte auslöschen! Ach, reisen, reisen, niemals Rast machen und in diesem endlosen Wirbeltanz alles erscheinen und vorbeiziehen sehen, bis die Haut zerspringt und das Blut hervorspritzt.

Laßt Täler auf Berge, Felder auf Ebenen auf Meere folgen. Die Hänge hinauf und hinab. Mögen die Masten der im Hafen dichtgedrängten Schiffe zurückbleiben und weiter die Spitzen der Kathedralen! Laßt uns hören, wie die Kaskaden auf die Felsen donnern, wie der Wind durch den Forst heult und die Gletscher in der Sonne schmelzen! Ich will arabische Reiter dahinjagen sehen, Frauen, die in Palankinen getragen werden, und dann Kuppeln, die sich wölben, Pyramiden, die in den Himmel ragen, unterirdische Gewölbe voll stickiger Luft, in denen Mumien ruhen, enge Hohlwege, wo Briganten ihre Flinten laden, Binsen, in denen sich die Klapperschlange verbirgt, gestreifte Zebras, die über weite Wiesen setzen, Känguruhs, die sich auf ihren Hinterfüßen heben, Affen, die sich in den Zweigen der Kokospalme schaukeln, Tiger, die auf ihre Beute springen, Gazellen, die ihnen entschlüpfen ...

Immer weiter, immer weiter! Über die großen Ozeane, wo die Wale und Pottfische miteinander kämpfen. Da kommt über die Fläche der Fluten wie ein großer Meeresvogel, der mit den Flügeln schlägt, die Piroge der Wilden. Blutige Skalpe hängen am Bug. Sie haben sich die Flanken rot gefärbt. Mit gespaltenen Lippen, beschmutztem Gesicht und Ringen in der Nase singen sie heulend den Todesgesang. Ihr großer Bogen ist gespannt, ihre grünspitzigen Pfeile sind vergiftet und bringen qualvollen Tod. Ihre nackten Frauen mit Tätowierungen auf Brust und Händen errichten große Scheiterhaufen für die Opfer ihrer Gatten, die ihnen weißes Fleisch versprochen haben, in das sich so weich hineinbeißt.

Wohin soll ich gehen? Die Erde ist groß. Ich werde alle Wege erforschen, alle Horizonte durchspähen. Könnte ich doch beim Umsegeln des Kaps untergehen, in Kalkutta der Cholera oder in Konstantinopel der Pest erliegen.

Wäre ich nur Maultiertreiber in Andalusien! Und könnte ich den ganzen Tag in den Schluchten der Sierras umherstreifen, um den Guadalquivir dahinrauschen zu sehen, in dem Inseln mit Oleanderbäumen liegen; könnte ich am Abend unter den Balkons die Gitarren und Singstimmen hören und den Mond anschauen, der sich im Marmorbassin der Alhambra spiegelt, wo einst Sultaninnen badeten!

Warum bin ich nicht Gondoliere in Venedig oder Lenker einer jener Kutschen, die im Frühling die Reisenden von Nizza nach Rom bringen! Es gibt doch Leute, die in Rom leben, Leute die dort immer wohnen. Glücklich der neapolitanische Bettler, der in der vollen Sonne schläft; am Ufer liegend, genießt er seine Zigarette und sieht dabei den Rauch des Vesuvs in den Himmel steigen! Ich beneide ihn um sein Lager auf Kieseln und die Träume, die ihm dort kommen. Das Meer ist immer ruhig und trägt ihm den Hauch seiner Fluten und das leise Gemurmel von Capreä herüber.

Zuweilen dachte ich mir, ich käme in einem kleinen Fischerdorfe auf Sizilien an, wo alle Barken Rutensegel haben. Es ist Morgen. Zwischen Körben und ausgespannten Netzen sitzt ein Mädchen aus dem Volke. Ihre Füße sind bloß. An ihrem Mieder hängt eine goldene Schnur wie bei den Frauen aus den griechischen Kolonien. Ihr schwarzes, in zwei Flechten geteiltes Haar fällt bis auf ihre Füße. Sie erhebt sich und schüttelt ihre Schürze aus. Sie geht dahin, ihre Gestalt ist kraftvoll und zugleich geschmeidig wie die der antiken Nymphen. Würde ich von einem solchen Weibe geliebt! Ein armes, unwissendes Kind, das nicht einmal lesen kann, dessen Stimme aber so sanft klänge, wenn sie mir mit ihrem sizilianischen Akzent sagte: "Ich liebe dich! Bleibe hier."

Das Manuskript bricht hier ab, doch ich habe den Verfasser gekannt, und wenn jemand, der bis zu dieser Stelle gekommen und alle Metaphern, Hyperbeln und andern Redefiguren der vorhergehenden Seiten über sich bat ergehen lassen, das Ende zu erfahren wünscht, so möge er weiter lesen, ich werde es ihm erzählen.

Die Gefühle können wohl nicht viel Worte zu ihrer Verfügung haben, sonst wäre das Buch in der ersten Person zu Ende geschrieben. Gewiß hat unser Held nichts mehr zu sagen gehabt. Man kommt an einen Punkt, von wo an man nicht mehr schreibt, sondern nur noch denkt. An diesem Punkte brach er ab; um so schlimmer für den Leser!

Ich bewundere den Zufall, durch den das Buch an dieser Stelle stecken blieb, gerade in dem Augenblick, wo es hätte besser werden können. Der Verfasser sollte eben in die Welt eintreten, er hätte uns noch tausenderlei mitzuteilen gehabt; aber ganz im Gegenteil gibt er sich einer erhabenen Einsamkeit hin, die unfruchtbar bleibt. Nun hielt er es für angemessen, nicht mehr zu klagen. Vielleicht ein Beweis dafür, daß er wirklich zu leiden anfing. Weder in der Unterhaltung noch in seinen Briefen, die ich nach seinem Tode durchstöbert habe und unter denen ich dieses Manuskript fand, habe ich irgendwelche Anhaltspunkte für seinen Seelenzustand von jener Zeit ab entdeckt, wo er mit der Niederschrift seiner Bekenntnisse aufhörte.

Sein großer Kummer war, kein Maler zu sein. Er behauptete, herrliche Gemälde in der Phantasie zu tragen. Ebenso war er untröstlich, nicht musikalisch zu sein. Wenn er an einem Frühlingsmorgen die Pappelalleen entlang ging, zogen ihm endlose Symphonien durch den Sinn. Übrigens verstand er von Malerei nicht mehr als von Musik. Ich habe ihn unzweifelhafte Klecksereien bewundern und die Oper mit Kopfschmerzen verlassen sehen. Mit etwas mehr Zeit, Geduld, Mühe und vor allem mit feinerem Geschmack für das Plastische in der Kunst wäre er fähig gewesen, mittelmäßige Verse zu machen, gut genug für das Album einer Dame; sie sind immer ein Zeichen von Galanterie, was sich auch sonst dagegen sagen läßt.

In seiner ersten Jugend hatte er sich an sehr schlechte Autoren gehalten, wovon sein Stil noch Zeugnis ablegt. Als er älter wurde, sagten sie ihm nicht mehr zu, doch die guten vermochten ihn nicht mehr in gleicher Weise zu fesseln.

Von Leidenschaft für alles Schöne erfüllt, fühlte er sich von der Häßlichkeit wie von etwas Verbrecherischem abgestoßen. In der Tat ist ein häßliches Wesen etwas Scheußliches. Von weitem stößt es Schrecken ein, in der Nähe Widerwillen. Wenn es spricht, leidet man.

Wenn es weint, reizen seine Tränen. Man möchte es schlagen, wenn es lacht. Und wenn es schweigt, scheint sein regungsloses Gesicht der Sitz aller Laster und niedrigen Instinkte zu sein. – Auch verzieh er niemals einem Menschen, der ihm beim ersten Eindruck mißfallen hatte; andererseits war er Leuten sehr zugetan, mit denen er niemals vier Worte gesprochen, deren Gang oder Schädelbildung er jedoch liebte.

Er floh Versammlungen, Schauspiele, Bälle und Konzerte; denn kaum war er eingetreten, so fühlte er sich vor Traurigkeit erstarren und die Kälte bis in seine Haarwurzeln dringen. War er im Gedränge, so stieg ein ganz jugendlicher Haß in seinem Herzen auf. Er hatte für diese Menge das Herz eines Wolfes, das Herz eines wilden Tieres, das in seinem Bau umstellt ist.

Er war eitel genug zu glauben, daß die Menschen ihn nicht liebten und nicht kannten.

Öffentliches Unglück und die Schmerzen der Allgemeinheit betrübten ihn nur mäßig; ja, er hatte sogar mehr Mitleid mit den gefangenen Zeisigen, die bei Sonnenschein im Käfig mit den Flügeln schlagen, als mit geknechteten Völkern. Er war nun einmal so. Er war voll zartfühlender Skrupel und wahrer Schamhaftigkeit; und so wurde er, wenn er bei einem Pastetenbäcker saß und ein Armer ihn essen sah, bis über die Ohren rot. Wenn er herauskam, gab er ihm alles Geld, das er in der Hand hatte, und machte sich eilig davon. Aber man fand ihn zynisch, weil er sich ohne Umschweife ausdrückte und laut sagte, was man sonst nur leise zu denken pflegt.

Die Liebe von ausgehaltenen Frauen (das Ideal der jungen Leute, die keine Mittel haben, eine auszuhalten) war ihm verhaßt und widerte ihn an. Er dachte, daß der Mensch, der zahlt, der Gebieter, der Herr, der König ist. Obschon er arm war, achtete er nur den Reichtum und nicht die Reichen. Ohne Entgelt der Liebhaber einer Frau zu sein, der ein anderer Wohnung, Kleidung und Essen gibt, schien ihm ebenso witzig, als eine Flasche Wein im Keller eines anderen zu stehlen. Er fügte hinzu, daß es das Kennzeichen schurkischer Diener und untergeordneter Menschen sei, sich dessen zu rühmen.

Eine verheiratete Frau wollen und deswegen der Freund ihres Gatten werden, ihm herzlich die Hände drücken, über seine Wortspiele lachen, über seine schlechten Geschäfte betrübt sein, Besorgungen für ihn machen, seine Zeitung lesen, kurz, an einem Tage mehr Gemeinheiten und Geschmacklosigkeiten begehen als zehn Sträflinge in ihrem ganzen Leben zusammen, war für seinen Stolz zu erniedrigend. Und dennoch liebte er mehrere verheiratete Frauen. Zuweilen machte er sich auf den Weg, doch sogleich faßte ihn der Widerwille, wenn die Schöne schon angefangen hatte, ihm Blicke zuzuwerfen. So vernichten die Fröste im Monat Mai die Blüte der Aprikosenbäume.

Und die Grisetten? wird man fragen. Nun, schön, nein! Er konnte sich nicht dazu verstehen, in eine Mansarde emporzusteigen und einen Mund zu küssen, der gerade Käse zum Frühstück gegessen und eine Hand zu drücken, die voller Frostbeulen ist.

Er hätte sich weniger schuldig gefühlt, wenn er ein junges Mädchen genotzüchtigt, als wenn er es verführt hätte. Jemand an sich zu fesseln, schien ihm schlimmer, als ihn zu ermorden. Er glaubte ernstlich, daß es weniger unrecht sei, einen Menschen zu töten, als ein Kind in die Welt zu setzen, dem ersteren nimmt man nur das Leben, nicht das ganze Leben, sondern die Hälfte oder ein Viertel oder den hundertsten Teil dieses Daseins, das zu Ende gehen würde. Aber seid ihr nicht, pflegte er zu sagen, dem letzteren für alle Tränen verantwortlich, die es von der Wiege bis zum Grabe vergießen wird? Ohne euch wäre es nicht geboren, und warum kommt es zur Welt? Weil es euch so gefällt, aber nicht ihm, das ist sicher. Um euren Namen zu tragen, den Namen eines Dummkopfes, ich wette. Genau so gut könnte man ihn auf eine Mauer schreiben. Warum muß es ein Mensch sein, der die Last von drei oder vier Buchstaben trägt?

Derjenige, der, auf das Zivilrecht gestützt, gewaltsam in das Bett der Jungfrau eindringt, die man ihm am Morgen angetraut, und so eine gesetzmäßige, durch die Obrigkeit geschützte Notzucht begeht, hatte in seinen Augen nicht seinesgleichen unter Affen, Nilpferden und Kröten, die, Männchen wie Weibchen, sich gatten, wenn gemeinsame Wünsche sie in Liebe zueinander treiben. Wobei es weder Entsetzen und Widerwillen auf der einen, noch Roheit und schamlosen Despotismus auf der anderen Seite gibt. Und hierüber legte er lange unmoralische Theorien dar, die wiederzugeben keinen Zweck hat.

Aus diesen Gründen verheiratete er sich nicht und hatte zur Geliebten weder ein ausgehaltenes Mädchen, noch eine verheiratete Frau, noch eine Grisette, noch ein junges Mädchen. Blieben die Witwen – er dachte nicht daran.

Als er einen Beruf wählen mußte, zögerte er unter immer neuen Abneigungen. Zum Philanthropen war er nicht boshaft genug. Sein gutes Herz verschloß ihm die Medizin; – was den Handel betraf, so war er unfähig zu rechnen; der bloße Anblick eines Bankhauses reizte seine Nerven. Trotz seiner Torheiten hatte er zu viel gesunden Menschenverstand, um den edlen Beruf des Advokaten ernst zu nehmen. Übrigens vermochte sich sein Gerechtigkeitsgefühl nicht den Gesetzen anzupassen. Er besaß auch zu viel Geschmack, um sich in die Kritik zu stürzen. Er war vielleicht zu dichterisch veranlagt, um als Schriftsteller Erfolg haben zu können, und dann, sind das Berufe? Man muß sich irgendwo niederlassen, eine Stellung in der Welt einnehmen. Das müßige Leben wird man leid, man muß sich nützlich machen. Der Mensch ist zum Arbeiten in die Welt gekommen. Maximen, die schwer zu begreifen sind und die man Sorge trug, ihm häufig zu wiederholen.

Er hatte sich damit abgefunden, sich überall und bei allem zu langweilen, und so erklärte er, Rechtswissenschaft studieren zu wollen, und ging nach Paris. Viele Leute in seinem Heimatdorfe beneideten ihn und sprachen ihm von seinem Glück, die Cafés, Theater und Restaurants besuchen und schöne Frauen sehen zu können. Er ließ sie reden und lächelte wie jemand, der weinen möchte. Wie oft jedoch hatte er gewünscht, seinem Zimmer für immer den Rücken kehren zu können, wo er so viel gegähnt und seine Arme auf dem alten Mahagonischreibtisch herumgewälzt hatte, an dem er mit fünfzehn Jahren seine Dramen geschrieben! Und er trennte sich von alledem mit Schmerzen. Vielleicht zieht man gerade die Orte, die man am meisten verflucht hat, allen übrigen vor. Sehnen die Sträflinge sich nicht nach dem Gefängnis zurück? In dem Gefängnis hofften sie ja, und einmal draußen, hoffen sie nicht mehr. Durch die Mauern ihres Kerkers sahen sie das Land im Schmelz der Maßliebchen; sahen es von Strömen durchzogen, mit gelbem Korn bestanden und mit Wegen, die von

Bäumen beschattet wurden, doch der Freiheit, dem Elend ausgeliefert, sehen sie das Leben, wie es ist, arm, hart, voller Schmutz und Kälte. Und auch das Land, das schöne Land finden sie, wie es ist, mit Feldhütern besetzt, die sie hindern, Früchte zu pflücken, wenn sie Durst haben. Und wenn sie Wild erlegen wollen, weil sie hungert, finden sie es voller Waldhüter. Wenn sie einen Spaziergang machen und keinen Paß haben, kommen Gendarmen. Er mietete ein möbliertes Zimmer, dessen Möbel für andere gekauft und von anderen verbraucht waren. Es schien ihm, als bewohne er Ruinen. Er verbrachte den Tag mit Arbeiten, hörte auf das dumpfe Geräusch der Straße und sah den Regen auf die Dächer fallen.

Wenn die Sonne schien, ging er im Luxusgarten spazieren. Er trat auf die abgefallenen Blätter und dachte daran, daß er das auch im Gymnasium getan; doch hätte er damals nicht vermutet, daß es zehn Jahre später so mit ihm stehen würde. Oder er setzte sich auf eine Bank und dachte an tausend feine, traurige Dinge. Er betrachtete das kalte schwarze Wasser in den Bassins; dann ging er beklommenen Herzens weg. Zwei oder dreimal trat er, da er nichts anzufangen wußte, um die Stunde der Abendandacht in Kirchen und versuchte zu beten. Wie würden seine Freunde gelacht haben, wenn sie gesehen hätten, daß er seine Finger ins Weihwasserbecken tauchte und das Zeichen des Kreuzes machte.

Eines Abends irrte er in der Vorstadt umher. In grundloser Erregung hätte er sich in blanke Degen stürzen und bis zum äußersten schlagen mögen. Da vernahm er Gesang von Stimmen, und eine Orgel antwortete dann und wann in sanften Tönen. Er trat ein. Unter dem Portal kauerte ein altes Weib am Boden und bat um Almosen, indem es einen Becher aus Blech mit Kupfermünzen schüttelte. Die lederbezogene Tür schlug jedesmal auf und zu, wenn jemand eintrat oder herausging. Man hörte das Geklapper von Holzschuhen. Stühle wurden auf den Fliesen gerückt. Der Chor im Hintergrund war erleuchtet. Das Sakramentshäuschen strahlte im Scheine der Kerzen. Der Priester psalmodierte Gebete. Die Lampen im Schiff wiegten sich an ihren langen Ketten. Der obere Teil der Spitzbögen und die niedrigen Seitenschiffe lagen im Schatten. Der Regen peitschte die Scheiben, und die Bleifassungen krachten davon. Die Orgel spielte, und die Stimmen setzten wieder ein, wie an dem Tage, da er auf den Klippen Meer und Vögel miteinander hatte sprechen hören. Der Wunsch, Priester zu sein, stieg in seiner Seele auf, um Gebete über den Leichen der Dahingeschiedenen zu sprechen, um ein Büßerhemd zu tragen und sich von Liebe hingerissen Gott zu Füßen zu werfen... Plötzlich zog ein mitleidiges Hohnlächeln vom Grunde seines Herzens auf; er stülpte seinen Hut über die Ohren und ging achselzuckend hinaus.

Eine tiefere Traurigkeit als je zuvor erfaßte ihn. Mehr denn je schienen ihm die Tage lang. Die Drehorgeln, die er unter seinen Fenster hörte, zerrissen ihm die Seele. Für ihn lag eine grenzenlose Melancholie im Klange dieser Instrumente. Er sagte, diese Kästen seien mit Tränen gefüllt. Oder eigentlich sagte er nichts, denn er spielte nicht den Blasierten, Gelangweilten, den Menschen, der überall Enttäuschungen erlitten. Schließlich fand man sogar, er sei heiterer geworden. Gewöhnlich war es irgendein armer Südländer, ein Piemontese oder ein Genuese, der die Orgel drehte. Warum hatte er die Corniche verlassen und seine zur Erntezeit mit Mais bekränzte Hütte? Er schaute ihm lange beim Spielen zu, betrachtete den großen eckigen Kopf, den schwarzen Bart, die braunen Hände. Ein kleiner, rotgekleideter Affe hüpfte auf der Schulter des Orgeldrehers und schnitt Fratzen; der Mann hielt seine Mütze hin, er warf ihm eine Gabe hinein und verfolgte ihn mit seinen Blicken, bis er ihm aus dem Gesicht entschwand.

Ihm gegenüber wurde ein Haus gebaut. Das dauerte drei Monate. Er sah, wie die Mauern emporwuchsen und die Etagen sich übereinander türmten. Man setzte die Fensterscheiben ein. Es wurde beworfen, gestrichen. Dann schloß man die Türen. Familien kamen, um es zu bewohnen, und fingen an, darin zu leben. Er war ärgerlich, Nachbarn zu haben, denn er zog den Anblick der Steine vor.

Er ging in die Museen. Er betrachtete alle die künstlichen, regungslosen und ewig jungen Gestalten, die vor dem Beschauer ein ideales Dasein führen und die Menge an sich vorüberziehen sehen, ohne ihren Kopf zu bewegen, ohne die Hand vom Degen zu nehmen: deren Augen noch glänzen werden, wenn unsere Enkel schon im Grabe liegen. Er verlor sich in Betrachtungen vor antiken Statuen, besonders vor denen, die verstümmelt waren.

Er machte eine traurige Erfahrung. Eines Tages glaubte er auf der Straße in einem Vorübergehenden einen Bekannten zu erkennen. Der andere hatte dieselbe Bewegung gemacht. Sie blieben stehen und sprachen einander an. Er war es! Sein alter Freund, sein bester Freund, das Bruderherz, er, an dessen Seite er als Schüler in der Klasse, im Arbeitssaal, im Schlafsaal gewesen. Sie machten ihre Pensen und Aufgaben zusammen. Auf dem Hof und beim Spaziergang gingen sie Arm in Arm, und sie hatten einst geschworen, ihr Leben gemeinsam zu verbringen und "bis zum Tode Freunde" zu sein. Erst tauschten sie einen Händedruck aus, nannten einander beim Namen. Dann blickte jeder den anderen stumm von Kopf bis zu Füßen an. Beide hatten sich verändert und waren schon ein wenig gealtert. Nachdem man sich erkundigt, was der andere treibe, verstummten sie plötzlich und wußten nicht weiter. Seit sechs Jahren hatte keiner den andern gesehen. Nun konnten sie nicht vier Worte zum Austausch finden. Schließlich langweilte es sie, so lange einander in die Augen zu sehen, und jeder ging seines Weges. Da er für nichts Energie hatte und ihm die Zeit, entgegen der Ansicht der Philosophen, von allen Gütern den geringsten Wert zu haben schien, begann er, sich dem Branntwein- und Opiumgenuß hinzugeben. Häufig verbrachte er seinen Tag ganz im Bett, in einem Zustande halber Trunkenheit, der die Mitte hielt zwischen Apathie und Alpdrücken.

Dann wieder kehrte sein Lebensmut zurück, und er bekam Spannkraft wie eine Feder. Nun schien ihm die Arbeit voller Reize, und glänzende Gedanken entlockten ihm ein Lächeln, das friedliche und tiefe Lächeln der Weisen. Er setzte sich schnell ans Werk, er hatte prächtige Pläne, er wollte bestimmte Epochen in einem ganz neuen Lichte behandeln, Geschichte und Kunst miteinander verbinden, die großen Dichter und die großen Maler kommentieren, dazu Sprachen erlernen, sich ins Altertum vertiefen, den Orient durchforschen. Schon sah er sich Inschriften lesen und Obelisken entziffern. Dann fand er wieder, er sei verrückt, und legte die Arme übereinander.

Er las nicht mehr, oder er nahm Bücher zur Hand, die ihm schlecht schienen und die ihm doch gerade durch ihre Mittelmäßigkeit ein gewisses

Vergnügen gewährten. In der Nacht schlief er nicht und wälzte sich ruhelos im Bett. Er träumte und hielt sich wach, so daß er am Morgen müder war, als wenn er aufgeblieben wäre. Verbraucht von der schrecklichen Gewohnheit untätiger Langeweile und sogar ein gewisses Vergnügen an ihren Folgen, der Verstumpfung, findend, war er wie die Leute, die ihren Tod herankommen sehen: er öffnete nicht mehr sein Fenster, um frische Luft zu atmen, er wusch sich die Hände nicht mehr, er lebte im Schmutz der Armut, trug die ganze Woche dasselbe Hemd, gab das Rasieren auf und kämmte nicht mehr sein Haar. Obgleich gegen Kälte empfindlich, blieb er doch, wenn er vom Morgengange mit nassen Füßen heimgekehrt war, den ganzen Tag über in denselben Stiefeln und ohne Feuer, oder er warf sich angekleidet aufs Bett und versuchte zu schlafen. Er betrachtete die Fliegen, die an der Decke liefen, er rauchte und verfolgte mit dem Auge die kleinen, blauen Spiralen, die von seinen Lippen emporstiegen.

Man wird begreifen, daß er keinen Lebenszweck hatte, und das war sein Unglück. Was hätte ihn beleben und erregen sollen? Die Liebe? Er floh sie. Der Ehrgeiz schien ihm lächerlich. Was das Geld anlangte, so war seine Begier danach sehr stark; doch seine Trägheit war noch größer. Und dann war auch eine Million nicht der Mühe des Erwerbens wert. Nur dem im Überfluß geborenen Menschen steht der Luxus gut. Derjenige, der sein Vermögen selbst erworben hat, versteht fast nie, es wieder auszugeben. Sein Stolz war so groß, daß er einen Thron verschmäht haben würde. Ihr werdet mich fragen: "Was wollte er denn?" Ich weiß es nicht, aber sicherlich dachte er nicht daran, sich später zum Abgeordneten wählen zu lassen. Er würde sogar die Ernennung zum Präfekten abgelehnt haben, zusammen mit dem gestickten Rock, dem Ehrenkreuz am Halse, der Lederhose und den Reiterstiefeln für die feierlichen Gelegenheiten. Er zog die Lektüre André Cheniers einem Ministerportefeuille vor. Er wäre lieber Talma als Napoleon gewesen.

Er war ein Mensch, der sich auf falschem Wege befand und dem es an Klarheit fehlte. Er trieb großen Mißbrauch mit Beiwörtern.

Er stand auf Höhen, wo die Erde mit all ihren Kämpfen dem Blick entschwindet. So gibt es ja auch Schmerzen, deren Größe den Menschen über sich selbst hinaushebt und zur Verachtung alles Irdischen führt. Wenn sie nicht töten, so befreit nur der Selbstmord davon. Er tötete sich nicht, er lebte weiter.

Der Kamerad kam. Für ihn gab es keine Zerstreuung. Er tat alles zur Unzeit. Die Beerdigungen erregten beinahe seine Heiterkeit, und die Schauspiele machten ihn traurig. Stets dachte er sich eine Menge verkleideter Skelette in Handschuhen, Manschetten und Federhüten, die sich über den Rand der Logen beugten, einander durch die Lorgnons betrachteten, schön taten und nichtssagende Blicke austauschten. Im Parkett sah er unter dem Glanze der Kronleuchter eine Menge weißer, aneinander gedrängter Totenschädel leuchten. Er hörte die Gestalten eilig die Treppe herab steigen, sie gingen mit Frauen fort.

Eine Jugenderinnerung zog ihm durch den Sinn; er dachte an X...., das Dorf, das er eines Tages aufgesucht, und wovon er im Vorhergehenden erzählt hat. Er wollte es vor seinem Tode wiedersehen; denn er fühlte sein Ende nahen. Er steckte sich Geld ein, nahm seinen Mantel und brach sogleich auf. Die Fasten hatten noch nicht begonnen; war Anfang Februar. Es war sehr kalt, die Wege waren gefroren. Der Wagen rollte schnell dahin. Er saß im Kabriolett. Er schlief nicht und fühlte sich mit Vergnügen diesem Meere entgegengetragen, das er noch einmal wiedersehen sollte. Sein Blick hing an den Zügeln des Postillons, die von der Laterne des Verdecks beleuchtet wurden; sie zuckten in der Luft und tanzten auf dem dampfenden Rücken der Pferde. Der Himmel war klar, und die Sterne glänzten wie in den schönsten Sommernächten.

Gegen zehn Uhr morgens langte er in V ... an und machte von da den Weg bis nach X... zu Fuß. Dieses Mal hatte er es eilig. Zudem rannte er, um wieder warm zu werden. Die Gräben waren voller Eis. Die Spitzen der Zweige an den entlaubten Bäumen glänzten rot. Die abgefallenen, im Regen verwesten Blätter bildeten eine dicke, schwarze und eisengraue Schicht, die den Boden des Waldes bedeckte. Der Himmel war ganz weiß und sonnenlos. Er bemerkte, daß die Wegweiser umgestürzt waren. An einer Stelle hatte man Holz gefällt, seit er dort vorübergegangen. Er hastete; es verlangte ihn anzukommen. Schließlich nahm er da, wo das Gelände abzufallen begann, einen Richtweg durch die Felder, der ihm bekannt war, und bald sah er in der Ferne das Meer. Er blieb stehen. Er hörte es gegen die Ufer branden und in der Tiefe des Horizontes "in altum" grollen. Ein salziger Hauch kam ihm entgegen, den die kühle, winterliche Brise herbeitrug. Sein Herz klopfte.

Am Eingange des Dorfes war ein neues Haus gebaut; zwei oder drei andere waren abgerissen worden. Die Barken waren auf dem Meere. Der Kai lag verlassen. Alle Welt hielt sich zu Hause eingeschlossen. Lange Eiszapfen, von den Kindern Königskerzen genannt, hingen an Dachrändern und Traufen. Beim Krämer und am Gasthof kreischten die Schilder an ihren Eisenstangen. Die Flut stieg und kroch auf den Kies; das hörte sich an wie Kettengerassel und Schluchzen.

Nach dem Frühstück, das ihm zu seiner Verwunderung nicht mundete, ging er an den Strand. Der Wind sang in den Lüften. Die feinen Binsen, die in den Dünen stehen, pfiffen und beugten sich wütend. Schaum flog vom Ufer auf und rannte über den Sand. Zuweilen riß ein Windstoß ihn zu den Wolken empor.

Die Nacht kam, oder besser gesagt diese lange Dämmerung, die ihr an den trübsten Tagen des Jahres vorausgeht. Dicke Schneeflocken fielen vom Himmel und schmolzen auf den Fluten; doch hielten sie sich noch lange auf dem Strand, den sie mit großen silbernen Tränen fleckten.

An einer Stelle sah er eine alte Barke, die halb im Sande saß. Vielleicht war sie vor zwanzig Jahren dort gescheitert. Meerfenchel war darin gewachsen; Polypen und Miesmuscheln hatten sich an ihren grüngewordenen Brettern festgesetzt: er liebte diese Barke, er ging um sie herum und berührte sie hier und dort mit der Hand; er sah sie sonderbar an, so wie man einen Leichnam anschaut. Hundert Schritt weiter befand sich in einer Felsenschlucht eine kleine Stelle, wo er sich oft niedergelassen und wundervolle Stunden mit Nichtstun verbracht hatte, – er pflegte ein Buch mitzunehmen und nicht zu lesen. Ganz allein legte er sich da mit dem Rücken auf die Erde nieder, um den blauen Himmel zwischen den weißen Wänden der steil ragenden Felsen anzuschauen. Dort hatte er seine süßesten Träume geträumt. Dort hatte er den Schrei der Möwen am schönsten gehört. Dort hatte das herabhängende Seegras Wasserperlen aus seinem Haar auf ihn herabgeschüttelt. Von dort sah er die Segel der Schiffe am

Horizont verblassen. Und dort hatte für ihn die Sonne wärmer als irgendwo anders auf der Erde geschienen. Er kehrte an die Stelle zurück, er fand sie wieder. Aber andere hatten von ihr Besitz genommen. Denn während er gedankenlos mit dem Fuß am Boden scharrte, fand er einen Flaschenboden und ein Messer. Augenscheinlich war eine Gesellschaft auf einem Ausflug hier gewesen. Man hatte mit Damen dort gefrühstückt, hatte gelacht und gescherzt. "O mein Gott!" sagte er zu sich, "gibt es keine Stätte auf der Erde, die wir heiß genug geliebt und an der wir lange genug geweilt haben, daß sie uns bis zum Tode gehört und nie von andern Augen entweiht werden kann!"

Er stieg durch die Schlucht wieder empor, wo so oft sein Schritt die Steine ins Rollen gebracht hatte. Häufig hatte er Kiesel heftig dahin geschleudert, um sie gegen die Wände der Felsen schlagen und das einsame Echo darauf antworten zu hören. Auf der Ebene oberhalb der Klippen wehte die Luft frischer. Gegenüber sah er den Mond dunstig an einer Ecke des blauen Himmels aufsteigen; links unter dem Monde glänzte ein kleiner Stern. Er weinte: war es vor Kälte oder aus Traurigkeit? Sein Herz brach. Er fühlte den Drang, mit jemand zu sprechen. Er trat in eine Schenke, wo er einmal ein Glas Bier getrunken, verlangte eine Zigarre und konnte es nicht lassen, zu der guten Frau, die ihn bediente, zu sagen: "Ich bin schon einmal hier gewesen." Sie antwortete ihm: "Ach, aber 's ist keine schöne Zeit jetzt, Herr, 's ist keine schöne Zeit," und sie gab ihm heraus.

Am Abend wollte er noch ausgehen. Er legte sich in ein Loch, das den Jägern als Versteck dient, wenn sie Wildenten schießen. Einen Augenblick sah er das Bild des Mondes über die Fluten gleiten und im Meer zittern wie eine große Schlange. Dann häuften sich wieder auf allen Seiten des Himmels Wolken, und alles war schwarz. In der Dunkelheit wiegten sich die Wogen voller Schatten, klommen eine auf die andere und dröhnten wie hundert Kanonen. Eine Art Rhythmus machte dieses Geräusch zu einer schrecklichen Melodie; das Ufer, das unter dem Anprall der Wogen erzitterte, antwortete auf das Toben des hohen Meeres. Einen Augenblick dachte er daran, ein Ende zu machen. Niemand würde ihn sehen. Es war auf keine Hilfe zu zählen; in drei Minuten würde er tot sein. Doch wie oft in solchen Augenblicken, trat ein Rückschlag ein. Das Leben zeigte sich ihm wieder in rosigem Lichte. Seine vergangenen Tage in Paris erschienen ihm anziehend und voll Zukunft. Er sah sein hübsches Arbeitszimmer und die ruhige Zeit, die er noch darin verbringen könnte. Und doch riefen ihn die Stimmen des Abgrundes. Die Fluten taten sich auf wie ein Grab, bereit, sich hinter ihm zu schließen und ihn in ihre feuchten Laken zu hüllen....

Er fürchtete sich; er kehrte heim. Die ganze Nacht hörte er den Wind in Schrecken heulen, er machte ein gewaltiges Feuer und wärmte sich so, daß seine Beine brieten. Seine Reise war zu Ende. Als er heimkam, fand er seine Fensterscheiben mit weißem Rauhfrost bedeckt. Im Kamin war das Kohlenfeuer erloschen. Auf seinem Bett lagen noch seine Kleider, wie er sie hatte liegen lassen. Im Tintenfaß war die Tinte eingetrocknet. Die Mauern waren kalt und feucht. Er fragte sich: "Warum bin ich nicht dort geblieben?" Und er dachte kummervoll an die Freude, die er bei der Abreise empfunden hatte. Der Sommer kam wieder, er machte ihn nicht froher. Nur selten ging er auf den Pont des Arts. Dann sah er die Bäume der Tuilerien im Winde schwanken und die rotglühenden Strahlen der untergehenden Sonne wie einen Regen von Licht unter dem Triumphbogen durchziehen. Endlich starb er im vergangenen Dezember, langsam, nach und nach, allein durch die Kraft seines Gedankens, ohne daß irgendein Organ seines Körpers krank gewesen wäre, so wie man aus Trauer stirbt. Das wird den Leuten, die viel gelitten, unwahrscheinlich sein. Aber in einem Roman muß man das aus Liebe zum Wunderbaren hinnehmen.

Er bestimmte, daß man ihn öffnen solle, aus Furcht, lebendig begraben zu werden; aber er untersagte ausdrücklich, daß man ihn einbalsamiere.

Alle Werke unter www.groels.de